Periscopio

HUYE SIN
MIRAR ATRÁS

**PREMIO EDEBÉ
DE LITERATURA
JUVENIL**

LUIS LEANTE

HUYE SIN MIRAR ATRÁS

**PREMIO EDEBÉ
DE LITERATURA
JUVENIL**

edebé

Obra ganadora del Premio EDEBÉ de Literatura Juvenil según el fallo del Jurado compuesto por: Sr. Xavier Brines, Sra. Anna Gasol, Sra. Rosa Navarro Durán, Sr. Robert Saladrigas y Sra. Care Santos.

© Luis Leante, 2016

© Edición Cast.: Edebé, 2016
Paseo de San Juan Bosco, 62
08017 Barcelona
www.edebe.com

Atención al cliente: 902 44 44 41
contacta@edebe.net

Directora de la colección: Reina Duarte
Editora: Elena Valencia
Diseño: BOOK & LOOK
Fotografía de portada: Shutterstock

5.ª edición

ISBN: 978-84-683-1771-7
Depósito legal: B. 1596-2016
Impreso en España
Printed in Spain

A Candelas

Capítulo uno

Hay tantas cosas que querría contarte, que no sé por dónde empezar. Además, me resulta extraño hacerlo, sobre todo porque sé que nunca vas a leerlas. Eso es lo que más me entristece y me hace dudar.

Víctor dice que no se me da mal escribir: contar historias y todo eso. No sé si será verdad o si lo dice para darme ánimos. Mamá también piensa que se me da bien. Ella no ha leído casi nada de lo que escribo, creo; únicamente las redacciones y cosas así que me mandan en el instituto. Es en lo único en lo que saco buenas notas, además de Educación Física. Por eso lleva ya un tiempo animándome a que escriba todo lo que me ha pasado en los últimos meses, o en los últimos años, según se mire.

Lo que de verdad se me da bien —modestia aparte— es el yudo. Imagino que esto no te sorprenderá porque, según he ido descubriendo con el tiempo, tú también lo practicabas. He visto algunas fotografías tuyas, aunque en casa no hay muchas, esa es la verdad. Dice mamá que no te gustaba nada salir en las fotos. A mí tampoco. Prefiero hacerlas yo. Hay una en la que apareces con tu *judogi* y una medalla en la mano que acababas de ganar en alguna competición, imagino. Dicen que eras muy bueno y que ganaste unos cuantos campeonatos. Por desgracia no lo recuerdo. Se me borraron los recuerdos de aquellos años, o mejor dicho, se me borraron tus recuerdos, que no es lo mismo.

Es algo muy extraño lo que me pasa: veo las pocas fotos que tiene mamá, oigo hablar de ti a Víctor, pero no me acuerdo de haber estado nunca contigo. Es como si me hablaran de un extraño. No tengo imágenes de tu cara, ni recuerdos de tu voz, ni de nada que tenga que ver contigo. A veces me lo invento. Es una forma tonta de engañarme, lo sé. Me acuerdo de muchas cosas que según mamá y la abuela hacíamos juntos tú y yo, pero no apareces en esos recuerdos. Te has borrado. Según el «especialista» —así es como mamá lo llama—, cuando te sucedió «aquello», yo sufrí un *shock* tremendo y a partir de ese día mi mente decidió por su cuenta seleccionar las cosas que me hacían daño y las que no. Y las primeras las borró todas, o casi todas. No sé si lo que me pasa es bueno o malo, pero según dice el «especialista» eso me ha ahorrado muchos sufrimientos. Y él qué sabrá.

Supongo que también por eso he tenido problemas en los estudios. Digo «también» porque hay unas cuantas cosas más que no me han ido muy bien desde que tú no estás. Para que te hagas una idea, con quince años tendría que estar haciendo cuarto curso en el insti y, sin embargo, estoy en segundo. Sí, ya ves, repetí un año en primaria y otro en secundaria. La gente de mi edad empezará bachillerato el próximo curso, y yo tendré que seguir un par de años más con estos nuevos amigos que me vienen un poco pequeños, como si no fueran de mi talla. Entiéndeme que no lo digo con desprecio. Es que trato de llevarlo con humor. Lo que pasa es que me da rabia ver cómo me quedo descolgado de los colegas de siempre, porque ellos están ya en otra onda. Y, además, el cambio de instituto me perjudicó mucho, aunque mamá no quiera reconocerlo.

Lo que quería decirte es que me he quedado descolgado de muchas cosas. Las chicas de mi clase tienen dos años menos que yo. Las veo algo infantiles. Y las que de verdad me gustan van dos cursos por delante, o tres. Aunque no dicen nada cuando estoy con ellas, yo sé que me miran como el repetidor, el que se ha quedado en el piso de abajo. Una vez Carolina, que está en cuarto, me dijo: «Es que tú eres problemático». Si me lo hubiera dicho otra, la habría mandado a tomar viento fresco, por decirlo con delicadeza, pero Carolina me gustaba. Y me dolió aquello que me dijo. El psicólogo del instituto me ha tratado de convencer muchas veces de que eso no es así, que los amigos —«también las chicas», puntualiza— me aprecian y que no debo sentirme marginado. Me pregunto yo qué sabrá un comecocos de marginaciones e historias de esas. ¿Acaso él ha repetido dos cursos en cinco años, como yo? Pues no. Además, se lo pregunté y me confesó que él había sido un buen estudiante. Seguramente habrá estudiado toda la vida con los amigos que hizo en primaria, habrá ido a la universidad y se habrá casado con alguna compañera de clase, como todos los psicólogos. Eso es lo que dice Víctor, que los comecocos se casan con otros comecocos porque siempre están hablando de lo mismo y no hay quien los aguante si no es alguien como ellos mismos. Víctor es la leche. No sé si te acuerdas de Víctor Salcedo. Él dice que se acuerda bastante de ti y eso me da mucha envidia. También rabia, porque yo no puedo luchar contra esa puta falta de memoria.

Perdona, no quería decir palabrotas. Le he prometido a mamá que no las diré. Lo de las palabrotas es una de las cosas que peor lleva mamá. Dice que antes yo no las decía y que a ti te molestaba mucho que la gente hablara así. Yo las digo mucho, es verdad, aunque cada día trato de cortarme más. Ya lo tengo casi controlado.

Mi relación con mamá no ha sido precisamente muy buena en estos últimos cinco años. Sé que esto no te habría gustado saberlo, pero es la verdad. En mi defensa te contaré que ahora las cosas están cambiando. Sí, desde hace un par de meses, más o menos. También yo he sufrido en estos años, y al principio llegué a echarle la culpa a todo el mundo, porque pensaba que no entendían lo que me estaba pasando. Ahora sé que la culpa no es de nadie. O mejor dicho, es de la vida, que a veces se pone cabrona. Ponerse «cabrona» no es una palabrota. Lo he leído en un libro que nos mandaron para hacer un trabajo en el insti. Y si está en un libro no puede estar mal dicho. Lo que quiero decir es que ahora sé que mamá no tiene la culpa de nada de lo que me ha pasado en estos últimos años. Bueno, quizá su única culpa haya sido estar demasiado encima de todo lo que yo hacía. A veces me resultaba agobiante. «Enrique, llámame cuando llegues a casa». «Enrique, ponte a hacer los deberes». «Enrique, hay vida más allá del yudo». «Enrique, tú antes no eras así». «Enrique, me tienes preocupada». Creo que mamá está cambiando ahora también, como yo, porque los dos hemos comprendido muchas cosas que antes no entendíamos. Eso es lo que creo.

Ella sigue con su trabajo como asistente social. En eso no ha cambiado nada. Pero hace tiempo que no vivimos en Madrid, porque dice mamá que aquella casa estaba demasiado cargada de recuerdos. ¿Recuerdos?, es curioso, ¿qué recuerdos? Serán los suyos, por supuesto, porque los míos casi no existen. Yo siempre le he reprochado a mamá que nos cambiáramos de casa, porque pienso que si hubiéramos seguido allí quizá las cosas habrían sido distintas. Al principio, cuando te pasó «aquello», nos fuimos a vivir con la abuela. Según mamá, iba a ser por un tiempo, pero ese tiempo se convirtió en dos o tres años, porque ella no quería volver a casa. Luego nos vinimos a Coslada, porque mamá quería empezar una nueva vida. No me preguntó si yo quería empezar también una nueva vida o cambiar de insti. No te imaginas cuántas veces hemos discutido por eso. Yo le digo que para empezar de nuevo hace falta algo más que moverse unos cuantos kilómetros, mucho más que eso, porque el resto de su vida sigue siendo exactamente igual: del trabajo a casa y de casa al trabajo. Una vez a la semana vamos a visitar a la abuela a Madrid, y poco más. Ahora vivimos en una casa de dos plantas, que se supone que es muy bonita —y no digo que no lo sea—, con buhardilla y un pequeño jardín, además del garaje, donde caben dos coches, aunque solo tenemos uno. En fin, no sé si a ti te gustaría esta casa. A mí no me gusta ni me disgusta, porque apenas recuerdo cómo era nuestra casa de antes y no puedo comparar.

Dice mamá que cuando te pasó «aquello» caí en una depresión. A mí me parece que exagera. No sé si a un niño de diez años puede pasarle algo así. Lo que sí sé es que los estudios dejaron de interesarme. Al parecer, hasta entonces había sido un buen estudiante, mejor incluso que Víctor. Se me daban bien las Matemáticas, pero lo que más me gustaba era la Lengua. Y el deporte, claro. En lo del deporte soy igual que tú. Luego empecé a pasar de todo, menos del yudo. Para mamá fue muy traumático, porque las cosas ocurrieron muy deprisa. No digo que fuera de la noche a la mañana, pero sí muy seguido todo.

Cuando cumplí once años, mamá me llevó al «especialista», un comecocos que alguien le recomendó. Menuda recomendación. Yo le decía para enfadarla que si lo hubiera buscado por Internet no habría sido tan malo ni tan caro, porque se gastó una pasta. Estaba muy preocupada por mí. En poco tiempo no solo perdí el interés por el colegio, sino que dejé de comer, empecé a tener pesadillas horribles y me convertí en una auténtica mosca cojonera para los amigos. Yo hacía las cosas sin medir las consecuencias. Esa expresión me la enseñó el «especialista». Siempre me decía que tenía que aprender a medir las consecuencias, y yo me partía el pecho de risa al imaginarme con una cinta métrica, corriendo todo el día de aquí para allá detrás de las consecuencias para medirlas. No me digas que aquel hombre tan serio y tan estirado no era un cachondo en el fondo, aunque fuera muy en el fondo.

Un día, en quinto de primaria, cogí de la mesa el teléfono móvil de Pilar de Pablo, la maestra de *Cono*, y lo tiré a la taza del váter. Se montó una que no veas. Llamaron a mamá al trabajo y tuvo que venir al colegio a toda prisa. Todos se pusieron hechos una furia conmigo y yo no entendía por qué. Ahora sí me doy cuenta de la tontería que hice, pero en ese momento me parecía de lo más normal. Sentía que el mundo iba por un sitio y yo por otro. Además, Pilar me quería mucho y yo también la quería. Cuando me dio clase en tercero, me puso sobresaliente. El director del cole y mamá no hacían más que preguntarme por qué había hecho aquello con el móvil, y yo me encogía de hombros. ¿Y por qué no iba a hacerlo?, me preguntaba yo. Era como si los teléfonos móviles de los maestros estuvieran ahí para que alguien como yo los atrapara y los tirara al váter. No podía entender cuál era el problema. El «especialista», que debía de ser el tipo más listo del mundo —lo digo con ironía, pero aquí no quedarían bien unos emoticonos—, le dijo a mamá que yo me comportaba así porque era una forma de llamar la atención, o de pedir ayuda, ya no me acuerdo. Menudo tío listo.

Reconozco que le he hecho perder la paciencia muchas veces a mamá. Pero también te confesaré que no me siento orgulloso de eso.

Una vez, en el patio del insti le di un puñetazo a Víctor Salcedo en la mandíbula y cayó fulminado al suelo. Se mareó y empezó a decir cosas sin sentido. Yo pensé en ese momento que estaba haciendo teatro, pero cuando vi la cara con que me miraban todos entendí que me había pasado con el puñetazo. Además, la mano me dolía un montón. Fíjate, el pobre Víctor, con lo buenos amigos que éramos desde niños. Bueno, y lo seguimos siendo, aunque ahora él vaya dos cursos por delante de mí y yo haya cambiado de instituto.

Lo del puñetazo fue por una tontería. No me acuerdo de qué estábamos hablando; de fútbol, me parece. Y Víctor me llevó la contraria en algo, no sé, seguramente era una estupidez. Empecé a alterarme y él me dijo «pero qué te pasa, chaval, no te pongas así, tranquilo». Lo repitió dos o tres veces, y cuanto más me decía que me tranquilizara, más furioso me ponía yo. Entonces, al verme tan alterado, me pidió perdón. Y yo, en vez de darle la mano, me cabreé más todavía, hasta que Víctor me agarró por el hombro y me dijo «*tranqui, tío, que no pasa nada*». Y yo le aparté la mano con rabia y le grité «no me toques, que no me toques», muy alterado. Y Víctor abrió los brazos y dijo «¿qué pasa?, ¿me vas a pegar?». Y eso fue precisamente lo que hice. Pero fue sin pensarlo, te doy mi palabra. Levanté el puño y le solté un puñetazo con todas mis fuerzas en la mandíbula. No puedes imaginarte el daño que me hice. Lo que sí podrás imaginar es la sorpresa que se llevó el pobre Víctor y lo que debió de dolerle. Cayó al suelo como si fuera un saco medio vacío. Enseguida los demás empezaron a gritarme «animal» y cosas así. Y cuanto más me gritaban, más me cabreaba yo. Al final llamaron al profe de guardia, y como no me calmaba, vinieron otros dos y me llevaron al despacho del director.

No me siento orgulloso de lo que hice, la verdad. Al contrario, me avergüenzo cada vez que me acuerdo.

Víctor era mi mejor amigo. Por suerte sigue siéndolo. Pero hubo muchos otros que me dieron la espalda desde aquel día. Ahora entiendo que lo hicieran. Fui un animal, tenían razón. Pero yo entonces no lo veía así. Me parecía que ellos eran unos blandos y unos flojos. El revuelo fue enorme, como lo del móvil de Pilar de Pablo, o peor, porque yo no era ya un niño precisamente. Me abrieron un expediente y me expulsaron dos semanas del instituto. Al principio me alegré, pero fue peor que ir a clase, porque los profes me mandaban los deberes a casa y mamá me obligaba a hacerlos. Los hice a regañadientes, sobre todo para no discutir con ella.

Al cabo de unas horas de haberle dado aquel puñetazo a Víctor, estaba muy arrepentido de lo que había hecho. Eso me pasaba mucho antes, que me crecía, me crecía, y luego me desinflaba como un globo y me odiaba por lo que hacía o por lo que decía. Me buscaba problemas de una forma absurda. Según el «especialista», padecía un trastorno de la autoestima. Me creía inferior, decía el listo aquel. Yo trataba de explicarle a mamá que no era inferior, sino diferente como me sentía. Ahora me doy cuenta de que eran las dos cosas.

Cuando cumplí las dos semanas de expulsión, volví muy avergonzado al instituto. Quería pedirle perdón a Víctor, pero no me atrevía. Supongo que me daba miedo que me mandara a freír monas. Veía a Víctor en el recreo, a lo lejos, con sus compañeros de clase, y me daba pánico acercarme. Es verdad que me sentía como una caca de vaca. Eso de la autoestima supongo que será sentirse así, no sé. Pero a los dos o tres días Víctor se me acercó y me dijo «qué pasa, chaval», y yo le respondí «pues nada, tío, ya me ves, hecho un asco». Y entonces me pidió perdón. Así como lo oyes: fue Víctor quien me pidió perdón en vez de hacerlo yo. El mundo al revés, pensé. Nos abrazamos y empecé a llorar. Y él no hacía más que decirme «tranquilo, tío, que no pasa nada». Pero sí pasaba, por supuesto que pasaba. Entonces le dije «prométeme una cosa». Y él me miró y, sin preguntar, me respondió «prometido». «Prométeme que no le vas a contar a nadie que me has visto llorar». Y Víctor dijo «ah, pero ¿estás llorando?, pensaba que era risa». Y entonces fingí que le daba un puñetazo en la mandíbula, y él hizo como si se cayera hacia atrás, muy despacio, como a cámara lenta, y empezamos a partirnos de risa. Luego dijo «¿ves como te estabas riendo, tío?». Fue genial.

Por suerte para mí, Víctor Salcedo sigue siendo hoy mi mejor amigo, aunque nos separen tantas cosas. Nos vemos menos de lo que nos gustaría, porque al venirnos a Coslada tuve que cambiar de instituto, ya te lo he dicho, pero cuando nos juntamos es como si estuviéramos aún en infantil, con el babero puesto y tomando aquel puré asqueroso que me provocaba ganas de vomitar. Fíjate, me acuerdo de esos detalles, del puré y de unos baberos de rayas verdes que nos ponían en el comedor. Y, sin embargo, no me acuerdo de ti cuando me dejabas en la puerta del colegio y te quedabas un rato hablando con el conserje, o cuando venías a recogerme. Víctor sí se acuerda y por eso conozco algunos detalles así. Dice que algunas veces nos llevabas a casa a los dos en tu coche y nos contabas chistes para niños de cuatro años. ¿Hay chistes para *mañacos* de cuatro años? Supongo que si Víctor lo dice, será verdad. No tengo ningún motivo para dudar de su palabra.

Cuando pasó aquello del puñetazo a Víctor, a mamá le afectó mucho. Ella trataba de entender lo que me estaba sucediendo, pero no le resultaba fácil, lo sé. Estos últimos cinco años han sido muy duros para ella, y reconozco mi parte de culpa. Me ocurría una cosa extraña: cuanto más la veía sufrir por mí, más sentía la necesidad de hacerle daño. No era exactamente hacerle daño, sino tensar la cuerda para ver cuánto aguantaba ella, como si necesitara que me demostrase lo que era capaz de hacer por mí. Mamá siempre ha pensado que mis problemas se podían solucionar hablando. Y yo llegué a hartarme de tanta charlita en plan coleguillas. No sé a cuántos cursos, cursitos y cursillos habrá ido mamá en los últimos años, pero son muchos, te lo puedo asegurar. Y todo para intentar entenderme, como si necesitara un manual de instrucciones que los hijos no traemos de fábrica. Si había un curso sobre educación de los hijos, allá que iba ella como una colegiala. Si había charlas sobre drogodependencia, mamá se apuntaba y se llevaba su libretita azul para tomar apuntes. A mí me daba mucha rabia. Sobre todo lo de las drogas, porque yo jamás me metí esa mierda, aunque la haya tenido al alcance de la mano. Y con el alcohol, lo mismo. Yo se lo decía y ella hacía como que me escuchaba, pero al final siempre contestaba lo mismo: «Bueno, esa información no me vendrá mal». Mamá siempre veía peligros por todas partes, aunque me pasara las tardes en el gimnasio entrenándome.

El yudo ha sido mi mejor amigo —después de Víctor— en los últimos años. En general me gustan todos los deportes, y casi todos se me dan bien. Antes de los diez años quería ser futbolista, como la mayoría. También estuve un tiempo con el baloncesto. Pero por lo visto tú me metiste el gusanillo del yudo a los ocho años, creo. Yo recuerdo muchas cosas: el primer entrenador, el primer gimnasio, el primer cinturón, en fin, todo eso. Sin embargo, no te recuerdo sentado junto al tatami viéndome entrenar, aunque mamá cuenta que te pasabas horas allí. Tampoco recuerdo cuando practicaba contigo. Lo que sí recuerdo es que a partir de los diez años me lo tomé muy en serio. Hasta ahora.

Mamá nunca se atrevió a prohibirme el yudo, aunque estuvo bastante preocupada durante años por la cantidad de tiempo que le dedicaba. Ella siempre me llevaba a los entrenamientos y me recogía; me acompañaba a las competiciones; me compraba la equipación cuando crecía y se me quedaba pequeño el *judogi*. Creo, incluso, que se sentía orgullosa cuando ascendía de categoría. El yudo es lo único en lo que he sido constante en estos últimos cinco años. Mamá lo sabe y por eso no me lo ha echado en cara demasiado, aunque de vez en cuando se le escapaba —ya hace tiempo que no las oigo— alguna frasecita de las suyas: «Si le dedicaras a estudiar el mismo tiempo que al yudo, otro gallo te cantaría». Eso de los gallos ha sido durante unos años su frase favorita. Ahora no la dice tanto.

Algunas veces mamá se sentaba conmigo y me preguntaba si no había pensado nunca en mi futuro. Y yo le decía que no, que eso del futuro era para la gente mayor. Ella trataba de convencerme de que estaba equivocado, que de lo que se siembra se recoge y cosas por el estilo. Tengo una lista de sus frases por alguna parte. Esos discursitos me hacían mucha gracia al principio. Luego dejaron de hacérmela. Un día que estábamos en la cocina me preguntó:

—¿Qué te gustaría ser de mayor?

Yo le respondí enseguida:

—Policía.

Le dije lo primero que me vino a la cabeza, sin pensarlo. Mamá se quedó callada un rato y, cuando me miró, tenía los ojos llorosos. Entonces entendí que lloraba por ti.

—¿Qué te pasa? ¿No quieres que sea policía?

Y ella me respondió:

—Quiero que seas lo que tú decidas.

No era verdad. Yo sé que a ella no le hizo ninguna gracia. Y estoy seguro de que lo pensaba por ti, porque no quería que su único hijo acabara como tú, cuando te sucedió «aquello» de lo que nunca quería hablarme.

Una vez, al poco de venirnos a vivir a Coslada, entré en su dormitorio para buscar algo y abrí el armario. Allí estaba tu uniforme, metido en una bolsa de plástico. Nunca lo había visto, o no lo recordaba. También encontré la gorra en una caja y otras cosas tuyas. Me quedé observándolo todo como si hubiera visto un fantasma. Seguramente estuve mucho tiempo allí clavado, sin moverme, porque mamá entró a buscarme y me encontró con los ojos muy abiertos y con la mirada perdida, como si estuviera desorientado. Me dio un grito que me sacó del atontamiento:

—¿Qué estás haciendo? ¡Cierra inmediatamente el armario!

Me asusté mucho y el corazón empezó a correr a toda pastilla. Me faltaba el aire y tuve que sentarme en la cama porque estaba mareado. Mamá siguió gritando, más asustada que yo.

—¿Qué te pasa? —repetía una y otra vez con apuro—. ¿Estás bien, Enrique? Por lo que más quieras, háblame, dime algo.

Yo no podía hablar. Movía la boca y no salían las palabras. Según mamá, perdí el conocimiento, aunque yo creo que simplemente me quedé dormido por el susto al oírla gritar y por el cansancio del entrenamiento de aquella tarde. Cuando me desperté, estaba en una camilla en el Servicio de Urgencias. El médico le dio un nombre técnico a lo que me había pasado. Ni me acuerdo, ni me interesa recordar la palabreja que dijo. Me mandaron reposo y unas vitaminas. Vamos, yo creo que eran unas vitaminas. Unas cápsulas rojas que parecían de plástico y que me costaba trabajo tragar. Al cabo de unos días, cuando pensé que ya estaba preparado para enfrentarme a la realidad, entré en el dormitorio de mamá, y tu uniforme y tus cosas ya no estaban allí. Busqué en otros armarios de la casa y en la buhardilla. Ni rastro. Mamá y yo no hablamos jamás de aquel incidente hasta hace un par de meses, cuando las cosas cambiaron y de alguna manera empezó nuestra reconciliación.

No, no era verdad que yo quisiera ser policía. No me gustan las armas ni los uniformes; no me gusta el riesgo ni la violencia. Bueno, en el cine sí, pero no en la realidad. Por culpa de todo eso tú ya no estás con nosotros. Lo que me gusta es el deporte. Todos los deportes y no solo el yudo, ya te lo he dicho. Me gusta la competición y me gusta ganar, pero no me siento hundido cuando pierdo, porque siempre pienso que el otro ha sido mejor que yo.

Dedicarse a cualquier deporte y vivir profesionalmente de él es muy duro. No son solo los entrenamientos, sino también la mentalización, el renunciar a muchas cosas que hace la gente de tu edad. Creo que no es eso lo que quiero. La competición me gusta, pero lo que más me gusta es competir contra mí mismo: ponerme retos e intentar superarlos. Y ahora te confesaré lo que me gusta de verdad. Si pudiera, sería periodista deportivo. Únicamente se lo he contado a mamá y a Víctor. Bueno, también a Teisa y a algunos de sus amigos. Si no lo voy contando por ahí es porque temo que la peña se burle. «¿Cómo vas a ser tú periodista si eres un cero a la izquierda? Para ser periodista hay que estudiar duro. De ilusión también se vive...», y cosas por el estilo. Según mamá, todavía estoy a tiempo de enmendarme en los estudios. No sé si lo dice para contentarme o si realmente lo piensa. Pero ahora estoy dispuesto a luchar por lo que me gusta, aunque lo lleve medio en secreto. Seguramente a ti te habría gustado que lo hiciera.

Capítulo dos

Reconozco que no he puesto mucho de mi parte en estos últimos años para mejorar la relación con mamá. Ella lo ha pasado bastante mal por mi culpa. Ahora, por suerte, creo que las cosas están empezando a cambiar.

Cuando te ocurrió «aquello», mamá tenía poco más de treinta y cinco años. Otras mujeres con esa misma edad rehacen sus vidas e incluso vuelven a casarse. Pero ella no ha querido o no ha podido. No sé si yo habré sido el culpable, aunque sospecho que sí. Durante mucho tiempo no volvió a salir con los amigos que teníais antes. Algunas veces venían a casa y trataban de animarla para que saliera, pero ella se justificaba asegurando que entre el trabajo y yo tenía poco tiempo para hacer vida social. Yo creo más bien que realmente no le apetecía.

En un par de ocasiones mamá invitó a casa a un compañero de trabajo; una fue para comer y otra para cenar, me parece. Era un tipo aburrido, divorciado y bastante rollazo. No me gustó. Y lo peor de todo fue que no me molesté en disimularlo delante de él. La segunda vez que vino a casa le dije a bocajarro: «¿Ya estás otra vez aquí?». Me miró con una sonrisa muy falsa y no respondió. A mamá le molestó mucho. Así me lo dijo cuando aquel tipo se fue. Yo le pedí disculpas. Le conté lo de siempre, que no me doy cuenta cuando hago algo y todas esas historias. Pero últimamente ya no colaba como al principio. El caso es que aquel hombre no volvió a aparecer por casa. Y yo me alegré, porque no me faltaba más que tener que hablar con él y darle conversación mientras mamá estaba en la cocina. Menudo tostón.

Eso pasó hace ya dos o tres años. Pero hace un par de meses ocurrió algo que trastocó mi vida. Bueno, debería decir mi vida, la de mamá e incluso la de la abuela, porque mamá tuvo que pasar una temporadita con ella por seguridad. Un buen día, sin venir a cuento, mamá me dijo que quería hablar conmigo. «Ya está, otra vez el instituto»», pensé. La verdad es que no había pasado nada en el insti, pero cada vez que mamá quería hablar conmigo era por los estudios o por el yudo. Y eso que, desde que empecé secundaria, no entrenaba ni la mitad de lo que entrenaba antes.

—A ver, ¿qué se supone que he hecho esta vez? —le dije.

—¿Has hecho algo?

—Ah, pues no sé... Algo habré hecho cuando quieres hablar conmigo.

Ella hizo un gesto de tristeza. Antes se enfadaba, pero desde hacía un tiempo cada vez que algo no le gustaba hacía ese gesto y se quedaba callada. Eso me molestaba más que cuando me regañaba o se ponía hecha una furia conmigo.

—Quiero contarte algo —siguió diciéndome—. Vamos a tener un huésped en casa durante un tiempo.

—¡Que va a venir alguien a vivir con nosotros!

Lo primero que pensé fue que se había echado un noviete. Me hirvió la sangre. No te imaginas lo que sentí.

—¿Vas a meter a un hombre en casa? —insistí.

Ella mantuvo la calma.

—Un hombre, no. Un huésped.

—¿Y qué diferencia hay? Explícamelo, porque no tengo el diccionario a mano. Es más, creo que he perdido el diccionario.

—Voy a alquilar la buhardilla a alguien durante un par de semanas.

—¡La buhardilla! ¿Tú te has vuelto loca?

Mamá no movió ni un músculo de la cara. Otras veces, por menos de eso me habría dejado con la palabra en la boca, o me habría llamado maleducado y esas cosas que me decía cuando yo traspasaba la línea roja.

—Ese dinero nos vendrá bien —me dijo—. La hipoteca de la casa ha subido, y mi sueldo está congelado desde hace tiempo.

—¿Y por qué compraste una casa tan cara? —pregunté furioso—. ¿No podríamos habernos quedado en la que vivíamos?

—Había demasiados recuerdos dolorosos para mí —me respondió sin inmutarse.

Me levanté con rabia y tiré la silla.

—Tú lo has dicho, «para ti», porque para mí no hay ningún recuerdo, ni doloroso ni alegre. Y me gustaba aquella casa, ¿sabes?

Mamá fue paciente. Siguió hablando como si no me hubiera oído.

—Se llama Carlos y vendrá mañana a casa —me dijo sin perder la calma—. El dinero nos vendrá bien para pagar tus clases de yudo.

Me quedé sin respuesta. Me había dado precisamente donde más me dolía. «¿Tan mal estamos de dinero?», pensé. Si he de ser justo, nunca he tenido quejas en ese sentido. Cada vez que necesitaba ropa o cualquier cosa, mamá me la compraba. El gimnasio era, quiero decir, «es» caro. Pero yo pensaba que eso no era mi problema.

—¿Y es otro amiguete del trabajo?

—¿Qué estás diciendo? —me respondió con un gesto de incredulidad—. Le voy a alquilar la buhardilla porque necesita estar en Madrid quince días y no le gustan los hoteles.

—Vaya, es delicadito el señor.

—No aspiro a que seas simpático con él. Lo único que te pido es que no seas desagradable ni borde.

—Mi especialidad, ¿no es eso?

—Cuando quieres, eres un especialista, sí. Y cuando quieres ser educado, también sabes serlo.

—No te preocupes, no lo someteré a un tercer grado. No le meteré arañas debajo de la almohada, ni le cortaré el agua caliente cuando se esté duchando.

—Con eso me basta —me respondió mamá.

Te confieso que aquella noche no pude pegar ojo. Un extraño en casa, eso era lo que me faltaba. Me pasé horas dando vueltas en la cama e imaginando cómo sería aquel tipo del que únicamente sabía su nombre,

Carlos. Bueno, ahora sé que ni siquiera era su nombre verdadero. Pero eso no lo supe hasta más tarde.

Cuando pensaba en él y trataba de adivinar cómo sería, se me aparecía el careto del compañero de trabajo que mamá había invitado un par de veces a casa. El tipo que yo imaginaba tenía un pelo grasiento y vestía como un hombre mayor, quiero decir muy mayor. Luego empecé a pensar que quizá fuera un tipo guapo, joven, con mucha labia y mucho pico, divertido, como le gustan los hombres a la mayoría de las mujeres, de esos que las hacen reír. Me pregunto por qué a las mujeres les atrae tanto que los hombres sean divertidos, y después van al cine a ver películas que las hacen llorar. Me imaginé que a mamá le gustaba el tal Carlos, que tonteaban, que se enamoraba de él. Uf, me entraron los sudores de la muerte. ¿Y si se casaban? ¿Y si se iban a vivir lejos? A mí me faltaban —me faltan— dos años y medio para ser mayor de edad. ¿Y si al cumplir yo los dieciocho mamá me abandonaba y tenía que buscarme la vida? ¡Qué agobio pasé! Y lo más duro de todo fue comprobar que algunos de mis peores augurios se cumplían.

Al día siguiente, como había dicho mamá, se presentó el tal Carlos en casa con una maleta y una mochila de lona, de las *retro,* y a mí se me vino el mundo encima. Era un tío cachas. Se le notaban los músculos bajo una camiseta ceñida muy guapa. Llevaba poca ropa para el frío que hacía, como si viniera de un país tropical. No se puede decir que fuera feo, aunque tampoco era un modelo de revista de moda. Joven no era, porque le calculé unos cuarenta años o un poco más. Si le preguntaras a mamá, te diría que eso es ser joven, pero lo dice porque ya superó la frontera de los cuarenta y se hace ilusiones de que todavía es joven.

Carlos me dio la mano y sentí toda su fuerza en mis dedos. Y eso que no apretó. Si lo hubiera hecho, me los habría estrujado. No supe qué decirle. Supongo que le diría «hola» o algo por el estilo. Yo estaba pendiente de todo lo que hacía o de lo que decía, de cómo se comportaba con mamá, o si la miraba mucho o poco. Ella se comportaba con naturalidad, aunque creo que estaba un poco nerviosa. Por lo visto ya habían hablado por teléfono antes, aunque pensé que no se conocían. Por supuesto, estaba equivocado.

Ahora sé que mamá es una buena actriz. A mí me engañó, igual que también me engañó Carlos. Y eso que desde el primer momento empecé a ver cosas que no me cuadraban. El huésped, como lo llamaba ella cuando hablaba conmigo, se instaló inmediatamente en la buhardilla y mamá lo dejó a solas para que deshiciera el equipaje. Dio la casualidad de que aquel mismo día habían llamado del instituto para convocarla a una reunión. No era la primera vez, claro. Pero siempre que mi tutora la llamaba, mamá se ponía muy nerviosa y se imaginaba lo peor. El mote de mi profesora era «la Farola», porque siempre decía que las Matemáticas eran una herramienta estupenda para iluminar las mentes. «Sí, claro, como las farolas cuando llegas pedo a casa», dije yo por lo bajini el primer día para hacerme el gracioso, y desde entonces se quedó con el mote. No era mala profesora, pero se tomaba demasiado interés conmigo. Y a mí las Matemáticas, como casi todo, habían dejado de interesarme cuando cumplí los diez años. Ya puedes imaginarte por qué. Me agobiaba que Rosana —ese es su nombre— estuviera tan pendiente de mí.

—Me han llamado del instituto —me dijo mamá tratando de aparentar naturalidad, mientras preparaba la cena.

—¿Quién?, ¿la Farola?

Me lanzó una de sus miradas fulminantes.

—¿No eres capaz de respetar a nadie?

—Sí, yo respeto a todo el mundo. Pero no veo que los demás me respeten a mí.

—¿Ha pasado algo en el instituto que yo deba saber?

Por supuesto que había pasado. Aquella misma mañana, en clase de Matemáticas, yo estaba escribiendo en mi cuaderno cuando Rosana me pidió que prestara atención porque aquello que explicaba era algo complicado. A mí me parecía complicado todo, aquello y lo de los otros días.

—Estoy atendiendo —mentí.

Rosana se acercó y le echó un vistazo a mi cuaderno desde la distancia.

—¿Y estás tomando notas?

—Ya te digo.

Rosana no es tonta, por supuesto, y enseguida se dio cuenta de que la estaba poniendo a prueba una vez más.

—Seguramente llegarás a ser un buen escritor —me dijo en un tono que yo no supe interpretar si era sincero o irónico—. Pero si prestaras atención, serías un gran escritor con conocimientos matemáticos.

Me pareció oír unas risitas en las primeras filas. Supongo que serían los de siempre, los que creen que burlándose de los del pelotón de los torpes —es decir, de mí— van a conseguir la simpatía de los profesores. No sé, a lo mejor no se rio nadie, pero a mí me lo pareció.

—Me la sudan las Matemáticas —le dije a Rosana.

Lo dije sin pensarlo, como siempre. Me salió así y ya está. Además, enseguida me arrepentí. Pero, también como siempre, ya era demasiado tarde.

Rosana me miró muy seria y me dijo:

—Cuando termine la clase, quiero hablar contigo.

Luego se dio la vuelta, siguió hablando para los demás como si no hubiera pasado nada y me ignoró. Eso me enfureció más. ¿Qué tenía que hacer para que me expulsaran de clase? ¿Qué tenía que hacer para que me expulsaran del instituto y me dejaran todos en paz de una vez?

Cuando sonó el timbre, guardé el cuaderno en la mochila y me levanté el primero. Pasé por delante de Rosana y salí del aula sin mirarla. Con el rabillo del ojo me pareció que ella me seguía con la mirada. Me llamó; yo no me volví ni levanté la cabeza. Después corrí escaleras abajo y salí del instituto como si me persiguiera el diablo.

Eso fue lo que pasó aquel día que, fatalmente, coincidió con la llegada de nuestro huésped.

Mamá volvió a repetir la pregunta:

—¿Ha pasado algo en el instituto?

—Que yo sepa, no —le mentí.

—Enrique, mírame a la cara —me dijo muy seria—. Me gustaría saber qué voy a encontrarme mañana por la tarde tarde cuando vaya a hablar con Rosana.

—Pues a una profesora estupenda, que explica las Matemáticas estupendamente y es adorada por sus estupendos alumnos, por los que además se preocupa mucho.

—Déjate de sarcasmos, por favor —me gritó.

—No me mates —le dije para provocarla.

Fue en ese momento cuando Carlos entró en la cocina, o quizá llevaba un rato escuchándonos. No lo sé, porque yo estaba de espaldas a la puerta y no lo vi llegar.

—¿Problemas en el instituto? —preguntó con un tono que a mí me pareció de superioridad.

Me volví y traté de fulminarlo con la mirada, como hacía mamá conmigo, aunque aquel hombre había recibido miradas mucho más duras y terribles que la mía y estaba acostumbrado a sostenerlas. Pero entonces yo aún no lo sabía. Me mordí el labio para no soltarle ninguna grosería delante de mamá.

—Nada importante —respondió ella con una sonrisa que a mí me molestó—. Me temo que Enrique y su tutora no entienden de la misma manera la importancia de las Matemáticas.

«¿Y por qué tienes que darle tú explicaciones a este tío?», pensé rabioso. «¿Por qué tienes que contárselo?».

—Entonces no es grave —dijo el huésped—. Mi profesor de Matemáticas y yo nos llevábamos como el perro y el gato, y con el tiempo terminamos siendo grandes amigos.

«¿Y a ti quién te ha preguntado?», pensé después. «Métete en tus cosas y olvídame».

Mamá rio el comentario. Qué rabia me dio. Después

Carlos contó cómo era su profesor de Matemáticas, mientras ella lo escuchaba embobada. O eso me parecía a mí. La sangre me hervía una vez más. A ver si se va a enamorar de este capullo integral, pensaba yo, o a ver si está enamorada ya, que es mucho peor. No podía aguantar lo que estaba viendo y oyendo. Carlos se sentó a cenar con nosotros y se puso a hablar con mamá con mucha confianza, como si se conocieran de toda la vida. Sin embargo, me pareció evidente que no, porque los dos se hacían preguntas que unos conocidos nunca se harían. Todo era muy extraño.

La cena supuso un infierno para mí. Mamá y Carlos hablaban y hablaban, y yo parecía el huésped en vez de él. En cuanto terminé, me levanté y dije que me iba a mi cuarto a estudiar Matemáticas. Mamá me clavó su mirada y perdió la sonrisa porque sabía que yo estaba mintiendo. Carlos me dio las buenas noches y no le respondí.

No dormí bien, a pesar del cansancio. Pasé horas dando vueltas en la cama porque no conseguía quitarme de la cabeza que tendría que convivir con un desconocido durante un par de semanas. Y eso me parecía una eternidad. Menudo castigo. Mucho antes del amanecer ya estaba levantado. Entré a ducharme en el baño de mamá, porque el mío se lo había apropiado el forastero. Para mí no era más que eso, un forastero, un okupa, aunque pagara por la habitación y por la comida. Cuando salí de mi dormitorio, oí un extraño ruido en la buhardilla. Llegaba por la escalera. Parecía una respiración fatigada. A veces sonaba como un jadeo. Sin duda, era el huésped. Después me pareció distinguir una voz, o más bien un susurro. El corazón me dio un vuelco. ¿Estaba el huésped con alguien? Aquella era la única explicación, excepto que hablara solo. Pero esto no se me pasó por la cabeza. Entonces pensé en mamá. En un segundo supuse que ella estaba con el forastero. Corrí escaleras arriba y empujé la puerta con todas mis fuerzas.

No recuerdo haber hecho un ridículo tan grande en mi vida, excepto el día en que le pregunté a Carolina si quería salir conmigo y me respondió que se lo había pedido Pacheco hacía exactamente dos horas y le había dicho que sí. Pero esa es otra historia que no viene a cuento y que ya está muy superada.

Entré con tanta fuerza en la habitación que perdí el equilibrio y estuve a punto de caer al suelo. No me habría faltado más que eso para hacer que el ridículo fuera estratosférico. El huésped me miró como si mirase a una mosca que se posa sobre la pantalla del teléfono móvil cuando está escribiendo un *whatsapp*.

—¿No te han enseñado que antes de entrar en los sitios hay que llamar a la puerta? Es suficiente con un toque ligero con los nudillos, ¿sabes? No es necesario enviar una postal anunciando que vas a entrar, ni publicarlo en el Boletín Oficial del Estado.

Estaba vacilándome. Me puse colorado hasta las orejas. Me habría gustado que la tierra se abriera a mis pies en ese momento y me tragara. Sin embargo, todo el mundo sabe que la tierra no se abre cuando uno quiere, ni se traga a la gente solo por desearlo mucho.

Aquel hombre que aseguraba llamarse Carlos estaba en el suelo haciendo abdominales. A juzgar por el sudor y la cara de esfuerzo, ya había hecho unos cuantos centenares cuando lo interrumpí. Llevaba una camiseta de tirantes azul marino, empapada, y unos pantalones cortos. Sus piernas eran fuertes como las columnas de los templos griegos, y no las llevaba depiladas, como suelen hacer los *pepitopiscinas* y los *metrosexuales* que van a los gimnasios a hacer posturitas.

Se levantó y se puso una toalla sobre los hombros.

—Lo siento —dije titubeando—. Me pareció que..., en fin..., pensé...

—¿Me pareció...? ¿Pensé...? ¿Qué te pasa, chico?, ¿te ha comido la lengua el gato?

Lo único que fui capaz de responder fue «no tenemos gato». El huésped soltó una carcajada que sonó en toda la casa. Fue la primera vez que lo vi reírse.

—Me alegra saber que a pesar de tus modales tienes humor, chico. —Y enseguida se puso serio—. Si no te das prisa, vas a llegar tarde a clase.

Estuve a punto de responderle «ese es mi problema». Pero me contuve. En vez de eso le dije:

—Estoy buscando a mi madre.

—Pues aquí no está —me contestó mirando a todas partes burlonamente—, excepto que se haya escondido debajo de la cama. Aunque no creo, porque la habría oído.

Me dieron ganas de mandarlo a paseo.

—Estará abajo seguramente —le dije.

—Es lo más probable. Hace rato que oigo ruidos en la cocina.

Ese día desayuné a toda prisa y salí de casa echando humo por culpa del cabreo.

A la vuelta del insti no sabía qué iba a encontrarme. Nadie me había dado instrucciones sobre cómo debe comportarse uno cuando tiene un okupa en casa. Por eso entré con muchas precauciones.

Por lo general yo llego a casa media hora o cuarenta y cinco minutos antes que mamá. Pongo la mesa, caliento la comida y espero a que ella venga. Algunas veces me escribo con Víctor y nos contamos por el móvil cómo ha ido la mañana, o hacemos planes para el fin de semana.

Cuando llegué, la mesa estaba puesta, con tres platos, tres vasos y los cubiertos correspondientes. Todo estaba perfecto. Encontré al huésped en la cocina, buscando un sacacorchos o algo así. Supongo que debió de ver mi gesto de fastidio, porque dijo:

—Espero que no te moleste que haya puesto la mesa.

—A mí me da igual —le dije encogiéndome de hombros y fingiendo indiferencia.

—Tu madre vendrá dentro de media hora.

—Cuarenta y cinco minutos —puntualicé con rabia.

—¿Quieres comer algo mientras?

Estuve a punto de darme la vuelta y marcharme a mi cuarto sin responder. Sin embargo, dije:

—A mi madre no le gusta que coma antes de que venga ella, porque luego no tengo hambre.

—Entonces no romperemos las reglas —me dijo sin mirarme.

Aunque estaba deseando subir a mi cuarto, algo me impedía moverme de allí. Supongo que sería la curiosidad. Estuve observando cómo se movía por la cocina como si fuera su casa. De repente pareció que el huésped caía en la cuenta de que yo seguía en el mismo sitio y me preguntó:

—¿Es cierto que vas al gimnasio?

—Sí.

—¿Y te gusta?

—Sí.

—El kárate es un deporte extraordinario.

—Seguramente, pero yo practico yudo —le dije en el tono más desagradable que pude.

Dejó lo que estaba haciendo y me miró fijamente. Por un segundo pensé que iba a decirme que estaba cansado de mis malos modales. Yo no podía sospechar que se había confundido de deporte a propósito. Estaba serio. Sabía fingir muy bien. Tardó un rato en decir algo.

—¿Yudo?

Se quedó pensando, distraído.

—Sí, yudo —le dije—. ¿Te parece mal?

Se encogió de hombros.

—Si a ti te gusta, ¿por qué iba a parecerme mal a mí?

Hasta que mamá volvió a casa no volvimos a dirigirnos la palabra. Él se sentó delante del televisor a ver las noticias, y los dos nos ignoramos. En ningún momento me pareció que se sintiera violento por aquella situación. «O es estúpido, o no se entera de nada», pensé.

Mamá llegó especialmente contenta aquel mediodía. Aunque te parezca cruel lo que voy a decirte, me molestó verla sonreír. Sí, porque pensé que sería por el okupa, porque se alegraba de encontrarlo en casa. ¿Estaría harta de pasar tanto tiempo encerrada conmigo y necesitaba ver caras nuevas?

—Esta tarde iré a hablar con tu tutora —me recordó con una sonrisa incomprensible para mí.

Asentí con un gesto con el que quise darle a entender que me era indiferente, pero mamá debió de interpretar que estaba preocupado y dijo:

—No creo que Rosana vaya a contarme nada de ti que no sepa ya.

Entonces levanté la cabeza del plato y le dije al huésped mirándolo sin pestañear:

—¿Y tú en qué trabajas, si puede saberse?

Creí que mi pregunta iba a resultarles grosera, pero para mi sorpresa ni mamá pareció molestarse, ni el okupa mostró que le sonara a impertinencia.

—Negocios.

—¿Qué clases de negocios? —insistí.

Me pareció que hacía un gesto amistoso.

—Importación y exportación.

—¿Y se gana mucha pasta con eso?

Ahí sí que intervino mamá, aunque sin perder la sonrisa:

—Enrique, no seas metomentodo.

El huésped le hizo una señal como para que no me reprendiera.

—Depende de lo que entiendas tú por «mucha pasta». Lo suficiente para comer, pero insuficiente para pagarme un hotel dos semanas en Madrid.

—Pues vaya porquería de negocios —le dije.

Mamá dio un golpe en la mesa.

—¿Por qué eres tan maleducado?

Me asusté al ver su reacción. Ella siempre había sabido contenerse, especialmente cuando estábamos con más gente. En el fondo me dolió, porque había llegado contenta a casa y yo había vuelto a amargarle el día.

—Perdón. Lo he dicho sin pensarlo.

El huésped había seguido comiendo sin levantar la cabeza del plato.

—Tienes razón, es una porquería de negocio. Pero a cambio tengo mucho tiempo para hacer las cosas que me gustan.

—¿Te refieres a hacer abdominales?

—Abdominales, correr, ver la tele, leer...

—¿Leer? —pregunté con sorna, porque me sorprendía que un musculitos como él abriera un libro—. ¿Te refieres a la prensa deportiva y esas cosas?

—No, «esas cosas» no me interesan mucho. Me gusta el deporte, no los deportistas ni lo que se escribe sobre ellos.

No supe qué decirle. Mi conversación se acabó y, a partir de ahí, mamá y él estuvieron hablando de asuntos que yo no entendía, o mejor dicho, que no me interesaban.

Pasé la tarde encerrado en mi cuarto estudiando, o más bien haciendo como que estudiaba. Lo cierto es que casi todos los días hacía el propósito firme de abrir los libros y estudiar un rato, pero enseguida perdía el interés y me ponía a hacer otras cosas. Antes no me pasaba; seguramente tú lo sabrás bien. Yo siempre saqué buenas notas hasta los diez años. Incluso en Matemáticas, que según sé ahora era tu asignatura favorita cuando eras niño. Yo no he sacado en los últimos años buena nota ni en mi asignatura favorita, Educación Física, porque me las bajaban por el comportamiento.

Por su parte, el okupa se pasó la tarde encerrado en la buhardilla. Sinceramente, no podía imaginar qué estaría haciendo, porque allí no ha habido nunca nada interesante: ni un televisor, ni un ordenador. Ni siquiera llega bien la conexión wifi. ¿Sería verdad que le gustaba leer? Cada vez que yo bajaba a la cocina a tomar algo o a mirar por la ventana si volvía mamá del insti, prestaba atención por si oía algún ruido en la buhardilla. Nada, no oía nada. Únicamente al cabo de un par de horas escuché algo que pude reconocer. Era el sonido del roce de la bicicleta estática que mamá tenía en la buhardilla. Ella nunca ha llegado a usarla. Es una de las pocas cosas que nos trajimos de la casa de Madrid. Según me confesó cuando le pregunté por qué no se había deshecho de ella, esa bicicleta había sido tuya. Eso me enfureció más. Me refiero a saber que el okupa estaba utilizando «tu» bicicleta estática.

En cuanto mamá volvió de hablar con Rosana, se lo conté:

—Ese tipo está con la bicicleta de papá.

Ella me sonrió, o eso me pareció.

—¿Es que no vas a hacer nada? —insistí.

—¿Qué quieres que haga?

—Prohibírselo.

—Me pidió permiso anoche y le dije que podía usarla.

—¿De verdad le dijiste eso?

—Es mejor que tirarla, ¿no te parece?

Me quedé callado. Esperaba que mamá empezara a enumerarme las quejas que le habían dado de mí en el insti. Sin embargo, inesperadamente comenzó a alabarme. Me dijo que había hecho muchos progresos, que aunque mi interés en clase seguía siendo el mismo, es decir ninguno, los profesores en general, y mi tutora en particular, me veían muy cambiado, a pesar de que de vez en cuando tenía algún brote de soberbia, como el roce que había tenido con Rosana.

No podía creer lo que estaba oyendo. En vez de echarme un rapapolvo, como imaginaba y casi deseaba, mamá estaba contenta conmigo. «Pues sí que estamos bien», pensé. Entonces me volví y encontré al huésped clavado en mitad de la escalera, escuchándonos. Acababa de ducharse, imaginé, porque llevaba el pelo húmedo, ropa limpia y me pareció incluso oler un perfume seco.

—Vaya, por fin vas a salir —le dije.

—¿A salir? No, no pensaba salir.

—¿Qué pasa?, ¿te estás ocultando de alguien o qué?

El okupa se puso muy serio. Su gesto se volvió duro. Clavó los ojos en mí y sentí que su mirada me quemaba.

Capítulo tres

Te aseguro que desde el principio empecé a sospechar que había algo turbio detrás de aquel hombre que, en realidad, no se llamaba Carlos. Es cierto que me cayó antipático, pero uno no puede desconfiar de todo el mundo que le cae mal. Si fuera así, una tercera parte de la humanidad estaría bajo sospecha. No era cuestión solo de la simpatía o de la antipatía que me despertaba; era algo bastante más profundo que no sabría explicarte ahora.

Ya en los primeros días vi cosas que me resultaban muy extrañas. Por ejemplo, el okupa no salía nunca de casa. Si había venido para resolver asuntos de sus negocios, fueran los que fueran, se suponía que tendría que ir a alguna parte para solucionarlos, hablar con los clientes o lo que sea. Sin embargo, se pasaba todo el día en casa; la mayor parte del tiempo encerrado en la buhardilla. Ni siquiera salía al jardín. En una ocasión en que me dejé la puerta abierta cuando salí a hacer unas canastas, corrió enseguida a cerrarla. Lo hizo incluso con brusquedad. ¿Tenía miedo de que lo viera algún vecino? Si era eso, significaba que aquel tipo no era trigo limpio y ocultaba algo. Yo suponía que mamá no se había fijado en aquellos detalles.

Otro ejemplo: si estábamos en el salón o en la cocina y entraba él, lo primero que hacía era correr las cortinas o bajar las persianas, aunque nos quedáramos casi a oscuras. A veces decía «las corrientes son muy malas». Pero ¿qué corrientes, si no se movía ni un hilo? Lo de tener las ventanas y las cortinas cerradas fue una obsesión para el okupa desde el principio.

Y hay más cosas. Si sonaba el teléfono, se ponía tenso y miraba a mamá preocupado. En cierta ocasión en que vino alguien a casa —un empleado de la compañía del gas que iba a tomar los datos del contador—, el okupa dio un salto en el sofá cuando oyó el timbre de la calle y corrió escaleras arriba. Y lo más sorprendente de todo era que mamá o bien no se coscaba de su extraño comportamiento, o no le daba importancia. Pero yo me fijaba en todos los detalles. Siempre estaba pendiente de lo que hacía él. Más de una vez me sorprendió observándolo fijamente y tuve que ponerme a disimular. Creo que se daba cuenta de que lo vigilaba. Sí, no era una simple observación lo que hacía, era vigilancia.

Creo que fue al quinto día de su llegada cuando mis sospechas pasaron a ser certezas. Hasta entonces no me había atrevido a contarle a mamá nada de lo que pensaba sobre «su» huésped. Temía que se burlara de mí, o que me dijera que todo eran fantasías mías. Ella piensa que tengo facilidad para imaginar cosas. Y es verdad que se me da bien inventar historias y contarlas a mi manera. Por eso dice que tengo madera de escritor.

Lo que iba a contarte es que el quinto día —me parece que fue el quinto— volvía yo a casa después del insti y me pasó una cosa extraña. En la esquina de la calle se me acercó un hombre y se puso delante de mí. No me asusté, porque nuestra urbanización es muy tranquila y porque aquel tipo iba con traje y corbata, aunque mamá dice siempre que de esos es de los que menos hay que fiarse. Ella sabrá por qué. Desde luego, aparentaba más ser un banquero o un político que un secuestrador de adolescentes. Sin embargo, no era ninguna de las tres cosas. Se había bajado de un coche que estaba aparcado en la esquina de nuestra calle y vino hacia mí sin prisa. Me enseñó una placa que llevaba sujeta a su cartera y me dijo que era policía.

—¿Adónde vas?

—A mi casa —le respondí con la mayor tranquilidad que pude.

—¿Vives por aquí?

—Sí.

Entonces me enseñó una fotografía y me preguntó:

—¿Has visto por aquí a este hombre?

Me pareció que durante unos segundos se me paraba el corazón y luego empezaba a bombear sangre a toda velocidad. Me debí de poner colorado y seguramente notó algo raro en mi reacción.

—¿Lo has visto?

El hombre de la fotografía era Carlos, pero con el pelo más largo y en bañador, sobre la cubierta de un yate o algo así. Tragué saliva, nervioso. No sabía qué hacer. Hace tiempo que aprendí que en esas circunstancias es cuando uno tiene que saber reaccionar en cuestión de segundos. Cuando un profesor te pregunta si eres el responsable de esto o de aquello, siempre hay que negarlo todo. Y después, si no hay otro remedio que reconocerlo, se reconoce y se pide perdón. Era mi forma de actuar desde hacía tiempo: primero mentir y después disculparme o dar explicaciones. Por eso dije inmediatamente:

—No lo he visto en mi vida.

—Míralo bien —insistió el policía—. Quizá ahora haya cambiado un poco. Puede llevar el pelo más corto o haberse dejado barba.

Negué con la cabeza y dije:

—Si lo hubiera visto, me acordaría.

Tomé la foto y fingí que la miraba con más detenimiento, aunque no me cabía ninguna duda de que se trataba de Carlos.

—¿Qué ha hecho?, ¿ha robado un banco?

—Eso no es cosa tuya —respondió con desgana, mirando a un lado y a otro.

Aquel hombre había perdido de repente todo interés por mí. Después de guardarse la fotografía, miró a las fachadas de los adosados como si pretendiera adivinar quién vivía detrás de aquellas paredes.

—¿Puedo irme ya? —pregunté intentando controlar el temblor de mi voz.

—Por supuesto. Pero ándate con mucho ojo.

—Gracias. Lo haré.

Al pasar junto al coche me pareció ver, a través de la ventanilla medio bajada, el perfil de otro hombre. No pude distinguir mucho más, porque los cristales estaban tintados. Caminé a paso ligero, nervioso. Estaba seguro de que aquel tipo se había dado cuenta de que le había mentido; y no solo por el temblor de mi voz, sino por el temblor de las manos, de las piernas, de todo mi cuerpo. Además, me había puesto tan colorado que pensé que hasta el color del pelo me estaba cambiando. Antes de llegar a casa miré un par de veces atrás, y aquel hombre seguía en la esquina observándome. No pude contenerme más y eché a correr cuando me faltaban unos metros para llegar a la puerta del jardín. Ese fue mi gran error.

Entré a toda prisa en casa y cerré de un portazo. Estaba furioso conmigo mismo. Tiré la mochila al suelo y me dirigí a la cocina. El okupa no estaba allí preparando la comida como los días anteriores. Aquel mediodía, más que la oscuridad que había en casa me extrañó el silencio. Todas las cortinas estaban cerradas y las persianas bajadas. Tuve que encender la luz del salón para no tropezar. Llamé a mamá a voces, aunque sabía que no estaba aún en casa. No quise llamar a Carlos porque me costaba trabajo pronunciar su nombre. No me gustaba. Y eso que aún no sabía que era un nombre falso. Sentí un escalofrío repentino y tuve un mal presentimiento. Dejé la mochila y subí las escaleras de dos en dos hasta la buhardilla. Fue un impulso inexplicable, como la mayoría de los impulsos que me han traído problemas en los últimos cinco años. Pero así es como funciono yo. Y por eso, seguramente, las cosas no me han ido muy bien hasta ahora. Por lo general, no calculo las consecuencias que me pueden acarrear mis actos.

Como te decía, subí dando zancadas y conforme subía me iban viniendo a la cabeza las palabras que pensaba decirle al okupa: «Si le haces algo a mi madre, te mato», «¿pensabas que me ibas a engañar?», «sé quién eres», «te buscan ahí fuera y no tienes escapatoria», «¿por qué has tenido que esconderte precisamente en nuestra casa?». Pero tuve un momento de lucidez y comprendí que aquello era un comportamiento peligroso. Si se trataba de un asesino, acabaría conmigo en un abrir y cerrar de ojos. Y si no lo era, también. Cambié de estrategia sobre la marcha, para ganar tiempo antes de que volviera mamá.

Entré en la buhardilla sin llamar, porque desde el primer día me había dejado claro que aquello le molestaba y porque pensé que si llamaba sospecharía de mi repentina buena educación. Sobre la cama había un par de libros abiertos y una cartera de piel, uno de esos billeteros que lleva la gente mayor. La abrí y encontré un par de tarjetas de crédito y un carnet con la foto de Carlos, pero con otro nombre. Su verdadero nombre era Héctor Abad. Supongo que ahora estarás empezando a entender algunas cosas.

Salí rabioso de la buhardilla y ya no me dio tiempo a nada más, porque enseguida sentí un brazo que me agarraba por detrás, me rodeaba, me atenazaba el cuello y me impedía gritar.

—¿Qué hacías en mi cuarto?

Era el falso Carlos, pero no podía verlo. Intenté responder y no pude. Me tenía inmovilizado con un solo brazo y una rodilla clavada en mi espalda. Aunque yo conocía tres formas de librarme de un bloqueo como aquel, ninguna funcionó. El tipo era un experto en defensa personal.

—No te muevas —dijo con rabia pero sin levantar la voz—. No voy a hacerte daño. Solo quiero saber si te ha visto alguien entrar.

Yo seguía sin poder responder, incluso me costaba trabajo respirar.

—Ahora voy a soltarte muy despacio. Y no se te ocurra gritar o te estrangulo.

En ese momento creí que sería capaz de hacerlo. Sentí que la presión de su brazo en mi garganta cedía, y por fin pude hablar.

—No sé si me ha visto alguien —le mentí.

—¿No había un BMW rojo en la esquina?

—Sí.

—¿Y no te vieron?

—¿Los tipos del coche...? Supongo que sí.

—Maldita sea, te dejaron meterte en la ratonera para complicármelo todo.

—¿Qué ratonera? ¿De qué estás hablando?

Me pareció que Carlos, es decir, Héctor Abad no me escuchaba. Me soltó y me di media vuelta. Al verlo de frente me llevé otro sofoco. Sostenía una pistola con el cañón levantado hacia el techo, como si temiera apuntarme.

—¿Qué es eso? —le dije, y un segundo después de hacerle la pregunta me sentí como un imbécil.

—¿A ti qué te parece?

—Quiero decir que por qué llevas un arma.

De nuevo me ignoró. No parecía estar pendiente de mí, ni temer que pudiera salir corriendo. Al cabo de unos segundos me dijo:

—¿Eran dos o tres?

—Dos.

—Tiene que haber un tercero.

—¿Cómo estás tan seguro?

—Porque siempre mandan a tres para hacer ciertos «trabajitos». —De pronto me miró de arriba abajo y me dijo—: ¿Llevas el móvil encima?

—Pues claro —le respondí palpándome el bolsillo del pantalón.

—Entonces, escúchame bien lo que voy a decirte porque no voy a repetirlo. Y si te equivocas o tu madre sospecha algo, su vida estará en peligro.

Me bufé como un gato cuando se cruza con el perro del vecino.

—A mi madre ni la toques —grité.

—«A mi madre ni la toques, a mi madre ni la toques...» —dijo imitando mi voz en tono de burla—. A buenas horas vienes tú a acordarte de tu madre. Llevas no sé cuántos días amargándole la vida, ¿y ahora vas a convertirte en su salvador?

No supe qué responder. Quién se había creído que era para decirme cómo debía comportarme con mi madre. Pero lo peor de todo era que tenía razón. En aquellos cuatro o cinco días, mi relación con mamá —o mejor debería decir «mi mala relación»— había llegado a extremos insoportables. Insoportables para ella, quiero decir.

Héctor señaló el bolsillo de mi pantalón.

—¿Quieres sacar de una vez el teléfono?

Te confieso que por primera vez me dio miedo su tono de voz. Le obedecí sin pestañear. Luego me dijo:

—Llama a tu madre y te inventas cualquier cosa, no

sé, que te has sentido mal esta mañana en clase y has ido a casa de tu abuela porque no querías molestarla en el trabajo.

—Mi abuela vive en Madrid.

—Lo sé, listillo. ¿Vas a dejarme terminar? —Volví a enmudecer—. Lo que quiero es que se vaya lo más lejos posible; que no pise esta urbanización; que se vaya a Madrid o a Siberia, pero que no aparezca por casa, ¿entendido?

Sí, lo había entendido. En realidad, era lo único que había entendido. Lo demás era un misterio para mí. De pronto pensé cómo podía saber aquel tipo que mi abuela vivía en Madrid. Sin duda, se lo había comentado mamá. Me resultaba todo muy confuso.

—¿Vas a matarme? —le pregunté nervioso.

Héctor sonrió y eso me hizo sentir ridículo.

—¿Tengo yo pinta de ser un asesino de niños?

—Pues sí.

—Lo que me faltaba, un Sherlock Holmes de medio pelo. —Hizo un gesto de desesperación y luego me señaló el teléfono—. Antes de hablar con tu madre, piensa bien lo que vas a decirle. Y, sobre todo, que no sospeche que estás en peligro.

—Entonces, vas a matarme, ¿no?

—Cállate de una vez y no digas más majaderías.

Me dolió que me hablara de aquella manera. ¿Quién era él para tratarme con tanta confianza o para insultarme?

—Ante todo, que no venga por aquí. Ya me han contado que eres un actorazo en el instituto y que mientes de maravilla, así que ahora emplea tus dotes de farsante con tu madre. Por lo que he visto estos días, lo haces muy bien.

—Yo no soy ningún farsante —le respondí, herido en mi amor propio.

—Yo diría que sí. Pero eso a mí ni me va ni me viene. Habla con ella y que no venga a casa. Y escúchame, que no se dé cuenta de que estás cagado de miedo.

—No estoy cagado de miedo —volví a protestar.

—Ah, perdona, me había parecido otra cosa.

No quería ponerme a discutir con él ni caer en sus provocaciones. Además, me había metido el miedo en el cuerpo al hacerme ver que mamá estaba en peligro si venía a casa.

Hablé con ella y creo que estuve genial. Héctor tenía razón, aunque me doliera reconocerlo; me di cuenta en ese momento de que era un actor fantástico. En realidad era un farsante, como había dicho él. Toda mi vida en los últimos cinco años era una farsa. Y lo peor de todo no era que estuviera engañando a mis profesores, a mis amigos, a mamá; lo peor era que me estaba engañando a mí mismo.

Mientras hablaba por teléfono con mamá, Héctor bajó al salón y empezó a ir de una ventana a otra, intentando ver la calle por los pequeños resquicios que habían quedado. Yo lo veía desde lo alto de las escaleras.

—Esos tipos llevan toda la mañana dando vueltas por los alrededores. Pero aún no saben que están tan cerca de su presa. O quizá ahora sí.

Mamá se asustó mucho al principio, cuando le dije que estaba en casa de la abuela. Luego se tranquilizó un poco, porque le conté que me había mareado en clase y había preferido ir con la abuela antes que venirme a casa con el okupa. Enseguida empezó a preguntarme si me había comido el bocadillo y todas esas cosas que preguntan las madres. Le mentí un poco más. No era cuestión de volverme legal precisamente en ese momento y ponerla en peligro. Ella insistió en que tenía que haberla llamado para que fuera a recogerme al instituto.

—Ahora tengo que dejarte, porque la abuela está sacando los canelones del horno.

Lo dije con tanta convicción que incluso me pareció estar oliendo los canelones de la abuela. No sé si tú los probarías alguna vez, supongo que sí. A mamá no le salen igual. Seguramente la abuela tiene algún secreto que no ha querido contarle. Algún día le preguntaré.

Te iba a contar que cuando terminé de hablar con ella, Héctor me miró y con la pistola en la mano me dijo:

—Ahora llama a tu abuela y dile que estás bien, que estás muy bien, estupendamente bien, ¿me oyes?, pero que por nada en el mundo permita que tu madre venga a esta casa, ¿entendido?

—¿Y te crees que mi abuela se va a tragar esa trola? Las abuelas son más listas que las madres, aunque parezca que no se enteren de nada.

—Tú mientes muy bien. Seguro que sabrás hacerlo.

Fui a decirle «¿qué derecho tienes a hablarme así?». Sin embargo, una vez más enmudecí.

—Vamos, haz lo que te he dicho —me gritó Héctor.

Le obedecí sin rechistar. Le conté a la abuela que había preparado una fiesta sorpresa para mamá en un restaurante que me inventé. Casualmente faltaban unos días para su cumpleaños. Le pedí que me ayudara, que la retuviera todo el tiempo posible, y que la llamaría después para decirle a qué dirección debía ir. Por supuesto, ella también estaba invitada.

—Chico, sí que sabes meter trolas. Incluso yo me lo he creído —me dijo Héctor cuando terminé de hablar con la abuela.

—A ti tampoco se te dan mal las mentiras.

—Tienes razón. Los dos somos expertos. —Y, sin mirarme, dijo—: Ahora quiero que seas un chico bueno y hagas todo lo que voy a decirte. Si me obedeces, es posible que salgamos de esta.

—¿Y si no te obedezco?

—En ese caso es muy probable que yo muera.

Me sorprendió la frialdad y la indiferencia con que lo dijo. Pensé que iba de farol. Por eso me hice el valiente.

—¿Y crees que eso me importa?

—No, supongo que no. Pero, después de morir yo, es muy posible que te toque a ti. De hecho, es casi seguro. Eso me importa menos, pero va todo incluido en el mismo paquete.

—Estás tratando de asustarme —me envalentoné aún más.

—Estoy tratando de salvar tu vida y de paso la mía.

Héctor no dejaba de mirar por el resquicio de la ventana.

—¿Quiénes son esos tíos del BMW? —le pregunté.

—Asesinos a sueldo. Y son muy buenos haciendo su trabajo, créeme.

Lo dijo con mucha seguridad. O decía la verdad, o era un experto mentiroso que mentía mucho mejor que yo. Creo que un mentiroso profesional, como lo era yo, reconoce enseguida a otro mentiroso en cuanto abre la boca. Y no me pareció que Héctor estuviera inventándose nada en ese instante.

—¿Dónde demonios estará el tercero? —murmuró mientras miraba por el resquicio de la persiana.

—A lo mejor estás equivocado y no hay tercero.

Me miró con una sonrisa burlona que a mí me pareció de desprecio, e inmediatamente sonó el timbre de la puerta.

—Son ellos —me anunció.

Me hizo un gesto para que guardara silencio y me señaló hacia la cocina. Caminé hasta allí de puntillas. Desde la ventana de la cocina se podía ver la puerta de entrada. Héctor se asomó con mucho cuidado por las varillas de la persiana.

—Ahí tenemos a dos —me dijo—. Te han seguido.

En un arrebato de sinceridad, infrecuente en mí, decidí contarle la verdad.

—Uno de ellos me enseñó una foto tuya y me preguntó si te había visto por aquí.

—Caramba, eso no me lo habías contado.

—No me lo preguntaste. —En vez de enfadarse, como yo esperaba, sonrió—. Me enseñó su placa y me dijo que era policía.

—¿Y por qué no le contaste que llevaba varios días en tu casa?

—¿Acaso crees que soy estúpido? La policía no va en un BMW de 2.979 centímetros cúbicos que cuesta casi 90.000 euros. Además, habría que ser muy tonto para no darse cuenta de que su placa era de plástico.

—Chico listo. Eres un lince, como tu padre.

Me quedé helado al oírle decir aquello. Sentí un nudo en la garganta. Quise preguntar, pero en ese momento, justo en ese momento, se oyó un ruidito metálico en la parte trasera de la casa. Héctor se llevó el índice a los labios indicando que me callara.

—Ahí tenemos al tercero —dijo.

Me pidió por gestos que me tirara al suelo y me metiera debajo de la mesa. Él salió al salón con el arma apuntando al vacío. Naturalmente, no le obedecí. Puede que sea un embustero o un farsante, puede que haya hecho sufrir mucho a mamá en los últimos cinco años, pero no soy un cobarde, eso no. Por lo que ahora sé de ti, tú tampoco lo eras.

Salí de la cocina un poco después que Héctor, tomando las mismas precauciones que él, agachado y a ratos en cuclillas. Se acercó hasta la puerta del garaje, de donde procedía el ruido, y lo seguí. Alguien —probablemente el tercer hombre del que hablaba— estaba intentando abrir la puerta de la cochera desde fuera. Por el sonido, yo habría dicho que estaba utilizando una ganzúa o una llave maestra.

Volvió a sonar el timbre en la calle. Cuando Héctor se dio la vuelta, me vio agazapado junto a la puerta del garaje.

—Te dije que te quedaras en la cocina —me reprendió en susurros.

Negué con la cabeza para que viera que no estaba dispuesto a obedecerle. Me hizo un gesto de rabia con la intención de que me marchara. Volví a negar. Y después todo se precipitó. El ruidito metálico cesó y la puerta empezó a levantarse. El tercer hombre era un tipo silencioso y sabía hacer bien su trabajo. La puerta se abrió muy despacio, sin ruido apenas. A contraluz vimos la silueta de un hombre trajeado. Entonces oí la voz de Héctor, firme, segura, como la de un locutor de radio:

—No te muevas o te levanto la tapa de los sesos. —La silueta del tercer hombre se quedó inmóvil—. Ahora coloca las manos donde pueda verlas, por encima de la cabeza. Despacio, muy despacio.

La silueta levantó los brazos. Todo ocurrió muy lentamente, como quería Héctor, hasta que oímos un ruido en el salón. Uno de los falsos policías había conseguido entrar en casa por la puerta principal. Héctor hizo una mueca de fastidio y se volvió para decirme que me echara al suelo. En ese momento el tercer hombre hizo un movimiento tan rápido que apenas me dio tiempo a verlo. Se llevó la mano al cinturón y sacó un arma. Fueron apenas un par de segundos. Héctor apretó el gatillo y el hombre cayó hacia atrás como si lo hubiera coceado un caballo. Fue brutal. Yo me tapé la boca para no gritar. El tercer hombre se retorcía de dolor en el suelo y se agarraba el hombro derecho con las dos manos.

Pasó todo tan rápido que no estoy totalmente seguro de que fuera como te voy a contar. Sentí la mano de Héctor que me agarraba por debajo de los brazos y me levantaba a pulso. Y te aseguro que no estoy en los huesos. Me metió en el asiento trasero del coche y me dejó allí como el que tira una bolsa al suelo. Luego montó al volante.

Se la jugó. Por suerte, mamá siempre deja las llaves puestas. No quiero ni pensar qué habría pasado si las llaves no hubieran estado en el contacto. Seguramente ahora no estaría contándote esta historia.

Yo temblaba. Héctor arrancó el coche y dijo:

—Ahora por nada en el mundo levantes la cabeza ni mires atrás, ¿me oyes? Oigas lo que oigas, no mires atrás. ¿Entendido?

Le dije que sí con un hilo de voz tan débil que no creo que me oyera. Por eso volvió a repetir:

—¿Entendido?

—Sí.

Su tono de voz se dulcificó:

—Lo estás haciendo muy bien, chico, muy bien. Tu padre estaría orgulloso de ti.

Entonces me eché a llorar. No fue por el miedo. No tenía miedo a morir, porque aquello era como si no me estuviera ocurriendo a mí, sino más bien como si lo viera en una película. Lo que pasó fue que cuando oí que aquel desconocido te mencionaba por segunda vez sentí que me quedaba sin fuerzas, que me subía un temblor desde el estómago hasta la garganta y que no podía contener las lágrimas. Eso fue lo que me pasó. Quizá tú puedas entenderlo porque, según dicen Héctor y otra gente que te conoció, tú y yo nos parecemos mucho.

Capítulo cuatro

Si mamá tuviera la costumbre de ir a trabajar a Madrid en su coche en vez de tomar el cercanías, ten por seguro que ahora yo estaría muerto, como tú.

El coche de mamá salió de nuestro garaje como un Fórmula 1, quemando neumáticos y haciendo un ruido terrible en el asfalto. Héctor era un conductor experto. Yo no me atrevía a levantar la cabeza. De repente lo oí hablar consigo mismo.

—Maldita sea, esto es un laberinto.

Llevaba razón, nuestra urbanización es un laberinto que hay que conocer bien para no terminar dando vueltas y volviendo siempre al mismo punto. Parece que esté diseñada para que uno se pierda.

Levanté la cabeza después de un rato sin moverme y le dije:

—Métete por aquella calle a la derecha. Después, la tercera a la izquierda.

Héctor se volvió y me miró un segundo apenas.

—Te dije que no te movieras —me gritó.

—¿Quieres escapar o prefieres que nos pillen?

No respondió. Me incorporé del todo y le fui indicando por dónde debía ir. Pretendía llevarlo por el camino más corto, pero con los nervios me equivoqué en un par de ocasiones. Héctor no me reprochó nada, aunque me lanzó una mirada asesina a través del espejo retrovisor. Entonces sentí como una premonición y miré hacia atrás.

—No mires atrás —me gritó de nuevo—. Acuérdate, cuando se huye, no hay que mirar atrás.

Sin embargo, gracias a que había mirado por la luneta trasera pude ver a lo lejos el BMW rojo.

—Están ahí —le dije a Héctor muy alterado.

Él asintió. Creo que ya lo había visto hacía rato por el retrovisor. Sin embargo, no se puso nervioso, ni aceleró. Se diría que trataba de no llamar la atención, o de desconcertar a nuestros perseguidores.

—Mientras estemos en el perímetro de la urbanización no harán nada —me dijo—. Pero tenemos que salir de aquí cuanto antes.

Apenas había terminado la frase cuando se oyó una detonación seca, y las lunetas trasera y delantera del coche de mamá estallaron al mismo tiempo. Me tiré contra el asiento y me cubrí la cabeza con las manos. Todo estaba lleno de cristales.

Es absurdo lo que voy a contarte, pero en vez de pensar que podían matarnos, me puse a pensar qué diría mamá cuando viera lo que habían hecho con su coche.

Héctor gritaba «mierda, mierda...» sin parar.

—¿No decías que no harían nada mientras estuviéramos en la urbanización? —le dije sin levantar la cabeza.

—Era para tranquilizarte. ¿Estás bien, chico?

—Perfectamente —grité con rabia.

No era verdad: estaba asustado, temblaba. Además,

estaba herido en alguna parte, porque tenía sangre en la ropa. Sin embargo, no sentía ningún dolor. Oí un golpe seco y noté una sacudida en el coche. De inmediato me di cuenta de que Héctor había arrancado la barrera de salida de la urbanización. De nuevo pensé que a mamá no le iba a gustar nada cuando le llegara la factura. No sé si era el miedo el que me hacía pensar cosas estúpidas.

—No hacía falta que hicieras eso —le recriminé—. La barrera se levanta cuando la cámara reconoce la matrícula del coche.

Héctor miró atrás como si no terminara de creer lo que acababa de oír.

—¿De verdad piensas que iba a esperar a que se levantara la barrera? —luego añadió—: Agárrate bien.

El coche fue tomando más velocidad y empezó una aventura que jamás pensé que viviría a mis quince años.

Cuando vas a cien kilómetros por hora dentro de un coche, sientes que lo que se mueve es el mundo de ahí fuera y no tú. Pero, cuando vas a ciento veinte y no llevas cristales porque alguien ha reventado de un disparo las dos lunetas, te sientes como si te hubieras lanzado en paracaídas desde la estratosfera sin botellas de oxígeno. No es vértigo, ni mareo, ni pánico, ni dolor, es todo eso a la vez multiplicado por mil. No sabría decirte la velocidad a la que íbamos, pero te aseguro que me pareció que estábamos a punto de superar la barrera del sonido. El aire atravesaba el vehículo como un huracán. Por un momento temí que la fuerza del vendaval me levantara del asiento y me lanzara por el hueco de la luna trasera. Héctor me gritaba que me pusiera el cinturón, pero yo no podía soltarme del asiento por miedo a ser lanzado a las nubes.

—¡Vamos, vamos, vamos...! —gritaba para darse ánimos.

Por lo poco que pude ver en uno de los saltos que me lanzó al techo, estábamos en la circunvalación de Madrid. No sé cuánto tiempo estuvimos volando sobre el asfalto; a mí me pareció una eternidad. No podía saber si nos seguían o no. De vez en cuando se lo preguntaba a Héctor, gritando, pero él no me oía. Tampoco sé cuánto tiempo pasó hasta que comenzó a aminorar la velocidad. Lo único que sé es que aflojé las manos y ya no me sentía despedido del coche.

—¿Estás bien, chico?

Le dije que sí, lo cual era rotundamente falso. Me incorporé y me puse el cinturón. Entonces me volví para mirar por el hueco de la luneta.

—Ya no nos siguen.

—Chico listo —me dijo mirándome por el espejo retrovisor—. Tienes sangre en la ropa. ¿Te has cortado?

—No lo sé —le respondí—. Tal vez me rozó la bala.

Supongo que Héctor tuvo que aguantarse la risa.

—Si te hubiera rozado la bala, ahora estarías retorciéndote de dolor. —Y añadió—: Te dije que no miraras atrás.

—Sí, también me dijiste que te llamabas Carlos. No puedo fiarme de lo que dices. —Me armé de valor y le pregunté—: ¿Quién eres en realidad?

—Soy policía —me respondió, y me quedé tan confuso que ya no supe qué más preguntar.

Cuando me di cuenta, empezábamos a salir de la

M40. No sabía adónde íbamos, pero él sí parecía saberlo. Estuve callado un buen rato mientras intentaba completar las lagunas de aquella historia como si fuera un rompecabezas.

—¿Por qué quieren matarte esos falsos policías?

—Es una historia demasiado larga y no tenemos tanto tiempo.

—¿Habrá muerto ese hombre en el garaje? —le pregunté con voz temblorosa.

Héctor me miró unos segundos y después clavó la mirada en la carretera.

—No, pero va a necesitar que lo vea pronto un médico y que un cirujano le reconstruya la clavícula. Seguramente tendrán que meterle dos o tres litros de sangre. Después, creo que tendrá que dar unas explicaciones, cosa que no lo librará de pasar una larga temporada a la sombra.

Héctor detuvo el coche en un restaurante de carretera, pero no se bajó. Se palpó los bolsillos como si buscara algo. Pensé que sería la pistola, pero la tenía en el asiento del copiloto.

—Dame tu móvil —me ordenó.

—¿Cómo dices?

—Que me des tu móvil, ¿no me oyes? —luego suavizó el tono—: El mío se quedó en tu casa.

Lo saqué del bolsillo y se lo di. Lo miró con un gesto de desprecio y trató de marcar un número.

—Está bloqueado —me dijo.

—Sí, por seguridad. ¿Quieres la clave?

No me respondió. Me alargó el teléfono y me pidió que marcara un número mientras guardaba su arma en la guantera. Era un número muy largo que terminaba en varios ceros; eso lo recuerdo. Se lo sabía de memoria. Lo marqué y le di al altavoz antes de entregárselo. Alguien respondió al cabo de unos segundos y le preguntó a Héctor quién era.

—Soy KJ4 en una llamada de emergencia —lo dijo dos veces y luego hubo un silencio muy largo. Al cabo de un rato dijo—: Soy KJ4, ¿no me ha oído?

—Este no es su teléfono, KJ4 —oí que decía una voz de hombre—. Tendremos que hacer una comprobación.

—Deprisa, es una urgencia.

—Dígame lo que queremos oír.

—«Ya era de noche cuando el príncipe Andréi salió de casa de los Rostov» —dijo Héctor con la mayor normalidad que puedas imaginarte.

Yo flipaba. Todo aquello me parecía absurdo y ridículo. Era como si a Héctor se le hubiera ido la pinza. Aún no sabía que aquella era una frase en clave para asegurarse de que KJ4 era en realidad KJ4 y no un impostor.

—De acuerdo —dijo la voz a través del teléfono—. Dígame qué le ocurre, KJ4.

—Quiero hablar con la jefa.

—Eso no es posible. Debemos seguir el protocolo.

—Mire, han intentado matarme. Acabo de dispararle a un hombre que había entrado en el nido. Estoy huyendo en un coche sin lunetas, y en el asiento de atrás llevo a un pollo de cigüeña que está herido. Así que haga el favor de saltarse el protocolo.

Hubo un silencio tenso, más bien desagradable. Por un momento pensé que se habría cortado la llamada.

Pero Héctor seguía con el teléfono en la mano. No cabía duda de que el nido era mi casa y el pollo de cigüeña ¡era yo! Me sentí ofendido.

—Espere —dijo la voz.

Héctor me miró muy serio. Le hice un gesto de fastidio, para que supiera que me había molestado la forma en que se había referido a mí. Enseguida se oyó una voz de mujer.

—Cuénteme, KJ4, ¿qué ha pasado?

—Ha pasado que han intentado matarme.

El tono de su voz fue creciendo al mismo tiempo que su enfado; llegué a pensar que iba a morder mi teléfono. Un coche se paró cerca de nosotros, en el aparcamiento, y Héctor bajó la voz. Entonces miró el aparato, pulsó en alguna parte y dejé de oír a la mujer con la que hablaba Héctor.

—Chico listo —me dijo mirándome con una sonrisa burlona—. Pero aún te queda mucho que aprender.

El resto de la conversación no pude oírlo más que a medias. Pero Héctor me contó después parte de lo que habían hablado. Lo que sí comprendí era que la mitad de las cosas que decían era en clave: mamá era «la cigüeña», los asesinos eran «las hienas», y otras cosas por el estilo.

—Veamos esa herida —me dijo cuando terminó la conversación.

Entramos en el servicio de aquel restaurante de carretera y Héctor me examinó con detenimiento. Los cortes habían sido en la palma de la mano izquierda; por eso, al tocarme la cara y la ropa, habían dejado sangre por todas partes. Después de lavarme bien la herida, me improvisó un vendaje con papel higiénico. Saltaba a la vista que no era la primera vez que hacía algo semejante. Cuando terminó, aquello tenía el aspecto de una venda auténtica.

—No te lo toques mucho porque no es tan resistente como parece.

—¿Vas a contarme ahora qué está pasando?

—No hay mucho que contar —me dio largas mientras se lavaba las manos y la cara—. Ya lo has oído todo.

—Todo no, porque desconectaste el altavoz.

—De acuerdo. Ya sabes que me llamo Héctor. También sabes que soy policía. Estoy participando en un Programa de Protección de Testigos. Eso es todo lo que necesitas saber.

—¿Estás protegiendo a alguien?

—Al revés: yo soy a quien se supone que tendrían que proteger, pero ya has visto qué chapuza han hecho.

Se quedó callado y deduje que no iba a pasar de ahí. Sin embargo, yo quería saber, necesitaba saberlo todo.

—Cuéntame más cosas. No me he jugado la vida para nada.

—No digas tonterías. Esto es muy serio.

—Lo sé. Era para quitar tensión.

Me pasó la mano mojada por el cabello.

—Así que tienes sentido del humor —me dijo—. De acuerdo, te contaré lo que no debería contarte. Llevo medio año fuera de España, esperando para declarar como testigo en un juicio que va a llevar a la cárcel a un pez muy gordo y a varios pececillos de distinto tamaño del mismo acuario. El juicio tenía que haber empezado la semana pasada, pero se retrasó unos días por una artimaña de los abogados de la defensa. Ahora tengo que esperar escondido hasta que comience la vista...

Alguien intentó abrir la puerta del servicio y Héctor se calló de repente. Sacó la pistola y me hizo un gesto para que me echara a un lado y me agachara. Él hizo lo mismo.

—¿Eres tú, Manuel? —preguntó Héctor para oír la voz de quien llamaba.

—No, disculpe —se oyó al otro lado.

Se guardó la pistola y abrió con mucho cuidado.

—Ya está libre —le dijo al tipo que esperaba fuera.

El hombre no tenía aspecto de asesino a sueldo. Nos miró, hizo un gesto con la cabeza y entró en el baño.

Salimos al aparcamiento y nos acercamos al coche tratando de aparentar normalidad.

—Camina como si me conocieras de toda la vida —me indicó Héctor.

—Es que tengo la sensación de conocerte de toda la vida.

—No sé si tomármelo como un insulto o como un cumplido.

Sonreí. Montamos en el coche y Héctor metió la llave en el contacto.

—En un coche sin lunetas vamos a dar el cante —me dijo—. Esperemos que no se fijen mucho en nosotros. ¿Sabes conducir?

—¡Qué dices!, tengo quince años.

—A tu edad yo conducía camiones de cuatro ejes con los ojos cerrados y una mano atada a la espalda.

—Estás mintiendo. Vas de farol.

—Tienes razón, te estoy vacilando.

Y, sin embargo, yo sospechaba que decía la verdad.

—¿Te puedo llamar KJ4?

—Ni se te ocurra.

—Pues no vuelvas a llamarme «pollo de cigüeña».

Me miró con dureza, pero al cabo de unos segundos sonrió.

—De acuerdo.

—¿De dónde has sacado el nombrecito de KJ4?

—De un juguete que tenía a los ocho años.

—¿Y esa frasecita que dijiste por teléfono?

—¿Qué frasecita?

—«Ya era de noche cuando el príncipe Andréi salió de casa de los Rostov».

—Demonio de chico, tienes una memoria prodigiosa. A mí me costó horrores aprendérmela. Es de una novela de Tolstói. ¿Has oído hablar de *Guerra y paz*?

—Creo que hay una película que se titula así.

Después permanecimos mucho tiempo en silencio. Repasé mentalmente una lista de las preguntas que quería hacerle. Eran demasiadas para recordarlas, a pesar de que efectivamente tengo buena memoria, aunque mal empleada según mamá y el psicopedagogo del instituto. Además, es una memoria muy particular porque me acuerdo de cosas que no me importan, mientras que las importantes se me han borrado casi todas.

—¿Conociste a mi padre?

Héctor tardó un rato en contestar. Y lo hizo sin mirarme.

—Fuimos compañeros en la policía durante cuatro años.

Volvió a guardar silencio.

—¿Y eso es todo?

—No, no es todo. Tu padre era un buen policía... Y un buen amigo. El mejor.

—¿Y por qué no me lo dijiste antes?

Entonces sí me miró. Y lo hizo con tanta fijeza que por un segundo creí que se había olvidado de la carretera. Me puso nervioso porque pensé que íbamos a chocar con el quitamiedos.

—¿Quieres saber de verdad por qué no te lo dije?

—Sí.

Su voz sonó dura, cortante, como si de repente fuera otra persona la que hablaba.

—Cuando los del Programa de Protección de Testigos decidieron buscarme un nido para esconderme durante un par de semanas, yo les propuse que hablaran con tu madre. Las personas que colaboran con el Programa son por lo general voluntarios que conocen un poco cómo funciona este mundo. Tu madre no era voluntaria, pero se lo ofrecieron porque era una persona de confianza y nos conocíamos, aunque hacía mucho que no nos veíamos. No fue difícil convencerla. La única condición que puso fue que te mantuviéramos al margen. Me dijo que iba a hablar contigo para contártelo más adelante.

—Pues no lo hizo.

—No me extraña.

—¿Por qué dices eso?

—¿Tú has visto cómo la tratas? —Cuando dijo aquello agaché la cabeza como un niño sorprendido en una fechoría—. Yo no sé cómo te aguanta tanta chulería. Parece que ella tuviera la culpa de todas tus desgracias. Si tu padre pudiera verte, sentiría mucha tristeza.

—Pero él no puede verme.

Se me saltaron las lágrimas al decirlo. Era la primera vez que me ocurría. Te confieso que nunca había llorado por ti. Según el comecocos eso es un «duelo mal resuelto». Me volví hacia la ventanilla para que no me viera. Por suerte, el aire que entraba por la luneta rota me secó enseguida los ojos. Héctor permaneció unos segundos en silencio.

—Perdona, chico, me estoy metiendo en tu vida y no tengo ningún derecho.

—No importa. En el fondo tienes razón.

—¿En el fondo?

—Bueno, tienes razón y punto.

Lo dije con rabia y después volví a sumirme en el silencio al que me llevaban mis pensamientos. Veía la carretera, los coches que nos adelantaban y a la gente que señalaba divertida el aspecto de nuestro coche. Al cabo de unos minutos recuperé el ánimo y le dije:

—Cuéntame cosas de mi padre.

Parecía que Héctor esperaba que le dijera algo así, porque preguntó con naturalidad:

—¿Qué quieres que te cuente?

—Lo que sea. No sé casi nada. Mi madre me cuenta las cosas con cuentagotas.

—¿Y te has preguntado por qué no te cuenta más?

—Sí, sé que es por mi culpa. No me porto como ella espera y teme hacerme daño.

—Repuesta correcta. Siguiente pregunta.

—¿Cómo murió?

—¿Tampoco te ha contado eso?

—Me dijo que fue un accidente. A veces dice «acto de servicio» y otras «accidente».

—Fueron las dos cosas.

—¿Tú estabas con él?

Héctor me miró. Fue la única vez que vi en su rostro una sombra de incertidumbre.

—Yo tenía que haber muerto en vez de él —dijo con dureza.

—¿Por qué?

—Porque tu padre no tenía que trabajar aquella tarde. Me cambió el turno porque mi hija estaba enferma y tenían que operarla de urgencia aquel mismo día.

—¿Cuántos años tiene tu hija?

—Murió hace cinco años. Si hubiera sobrevivido, ahora tendría tu edad. Nacisteis el mismo año, con dos meses de diferencia —hizo una pausa y luego continuó hablando, sin volverse ni una sola vez para mirarme—. Tu padre me cambió aquel turno para hacerme un favor y le costó la vida. Estábamos siguiendo desde hacía meses a un narcotraficante. Era un trabajo rutinario: escuchar grabaciones, seguir su coche un trayecto corto hasta que te quemabas y te sustituía otro compañero, anotar las matrículas de la gente que entraba y salía de su mansión. Ese tipo de cosas. Pero aquel día se complicó todo. Tu padre estaba siguiendo al «pájaro» y lo vio entrar en un campo de fútbol. No era la primera vez que iba allí. Sin embargo, tu padre notó algo extraño: el «pájaro» llevaba una mochila y entró solo. Eso sí era la primera vez que lo veíamos. Pidió permiso por radio a la central para dejar el coche y entrar en el campo de fútbol. Pensó que iba a hacer una entrega de dinero. Por lo general era él quien recibía el dinero, o mejor dicho, sus hombres, porque el «pájaro» no se ensuciaba nunca las manos. Era muy cuidadoso con esas cosas. Tenía toda la pinta de ser un soborno. Le dijeron a tu padre que esperase, que le mandaban un refuerzo. No sé qué pudo ver, pero el caso es que atrapó su cámara y entró detrás de él. No se sabe bien cómo ocurrió. Era un partido de fútbol importante, con mucha gente. Un partido de esos en los que se decide la liga, o el descenso de categoría, no me acuerdo. No creo que llegara a ver a su asesino. Fue un trabajo limpio, de profesional. Seguramente el «pájaro» no lo hizo. Pero fue alguien de su entorno, eso seguro. Yo sé muy bien cómo trabajan. Lo encontraron muerto en los servicios del campo de fútbol una hora después de que terminara el partido. Llevaba la cámara de fotos con él, pero le habían quitado la tarjeta de memoria. No dejaron rastro. Limpiaron incluso las huellas de tu padre. Ni siquiera con las cámaras de videovigilancia se pudo saber quién fue el asesino. Había mucha gente en el estadio. El asesino sabía bien lo que hacía. Matar es más fácil de lo que puedas imaginar.

Cuando terminó de contármelo, nos quedamos en silencio un buen rato. Héctor estaba muy serio. Me pareció que movía los labios ligeramente, como si hablara solo. Yo creo que le temblaban por la rabia. Cuando pensaba que ya no iba a decir nada más, oí de nuevo su voz.

—Yo tenía que haber estado aquel día en ese campo de fútbol. Yo tenía que haber desobedecido las órdenes y haber hecho las fotos. Aquella navaja estaba destinada a mí.

—Tú no tienes ninguna culpa —le dije con un hilo de voz.

Héctor me puso la mano en la rodilla y sentí que me presionaba.

—Una semana más tarde solicité el ingreso en una brigada especializada en la lucha contra el narcotráfico. Mi hija murió en el hospital pocos días después de que asesinaran a tu padre. Luego mi matrimonio estalló como una bomba de relojería y me divorcié. Durante más de tres años estuve infiltrado en la organización del «pájaro». Empecé siendo su chófer y terminé siendo su hombre de confianza. Ese malnacido es un asesino que entra cada noche en el dormitorio de su hija para darle un beso de buenas noches. Duerme con su mujer. Come con sus amigos. Dona dinero a las ONG que luchan contra la pobreza en el Tercer Mundo. Pero mete toneladas de droga que acaban con gente como tú y como yo, con jóvenes y mayores, con gente con problemas o con personas que únicamente salen los fines de semana para divertirse y necesitan ayuda para sentirse bien y relacionarse con los demás. Yo he pasado tres años con ese criminal y he tratado de pensar como él para ganármelo. He visto cosas terribles que están aquí dentro, en el coco. Lo conozco mejor que su hija y que su mujer. Mucho mejor. Ellas no saben de lo que es capaz. Yo sí.

Héctor dio un golpe con todas sus fuerzas en el volante y yo salté sobre el asiento. Me asusté. Su rostro estaba contraído y las mandíbulas apretadas, como si mordiera un hueso que alguien intentara arrebatarle. Respiró profundamente y me miró. Trató de fingir una sonrisa que no le salió. Sus ojos brillaban.

—Ahora ya sabes más de lo que has preguntado.

Asentí sin dejar de mirarlo, aunque él estaba ya pendiente de la carretera.

—Gracias —dije, y añadí—: ¿Y ahora qué se supone que va a pasar?

—Ahora iremos a un punto de encuentro y tú te quedarás con los del Programa de Protección. En un par de horas, como mucho, estarás con tu madre, y esta pesadilla habrá terminado. Os pondrán protección durante un tiempo y, cuando acabe el juicio, todo volverá a la normalidad.

—¿Y tú qué harás?

Me pareció que sonreía.

—¿Qué haré? Lo que ellos decidan. Mi vida no me pertenece mientras ese individuo no esté en la cárcel. Pero te aseguro que ese momento ya está cerca. Ningún juez del mundo le echará menos de treinta años de cárcel cuando oiga todo lo que tengo que contar y vea las pruebas que voy a ofrecerle.

Capítulo cinco

Me moría de ganas de preguntarle a Héctor cosas sobre ti. Necesitaba saber mucho más, pero no me atrevía a decirle nada. En vez de estar asustado, me sentía feliz por todo lo que me estaba ocurriendo. Supongo que no era consciente del peligro. Durante el trayecto que hicimos en el coche de mamá, Héctor no quiso decirme adónde íbamos. «Lo sabrás en su momento», me repitió un par de veces y dejé de preguntar. De vez en cuando lo miraba y lo veía preocupado. Ahora sé que estaba más preocupado por mí que por él.

Tomamos la autovía hacia Galicia, pero antes de llegar al túnel que atraviesa la sierra de Guadarrama, Héctor se desvió y entramos en el área de servicio de Villalba. Reconocí enseguida el sitio porque yo había estado allí antes con mamá. Entró muy despacio, dando un rodeo por la zona de aparcamiento de camiones y autobuses. Era normal que tomara precauciones. Además, un coche sin lunetas llamaba mucho la atención.

—Vendrán a recogernos en media hora —me explicó—. Espero incluso que antes.

Apenas había terminado de decirlo cuando hizo un

movimiento que no terminé de entender, como si algo le inquietara.

—¿Qué pasa? —le pregunté.

—¿Qué va a pasar? Nada.

—Has visto algo que no te gusta, ¿verdad?

Héctor comprendió, creo, que no podía engañarme. Me señaló con un gesto de la cabeza un coche que había aparcado en la zona de camiones.

—Ese coche no me gusta ni un pelo —me dijo.

Era un Mercedes enorme, con los cristales oscuros. Estaba oculto entre un camión y un autobús. No era un sitio para aparcar un coche como aquel. Y precisamente eso era lo que llamaba la atención, más que el propio coche.

—No es de la policía —le dije.

—Eso te lo puedo asegurar.

—¿Crees que nos habrán seguido?

—Imposible. Me habría dado cuenta. No he apartado la vista del retrovisor. Y deben de llevar un rato ahí. Seguramente no será nada, pero todas las precauciones son pocas.

Deduje que me lo decía para que no me agobiara, porque su rostro seguía igual de tenso y no dejaba de mirar a todas partes, aunque con disimulo.

—¿Ahora qué se supone que tenemos que hacer? —le pregunté.

—Esperar. Ten paciencia, ya falta menos.

Tras unos minutos, un hombre se bajó del Mercedes. Estaba lejos, pero lo vi claramente por el espejo retrovisor del copiloto.

—Viene hacia aquí —le dije a Héctor.

—Eso parece.

Iba vestido con un traje de los que nunca se podría pagar un policía con su sueldo de funcionario. Poco después se bajó un segundo hombre de la parte de atrás. Eso significaba que eran tres, y el tercer hombre seguía dentro del coche, seguramente al volante. Demasiadas coincidencias, pensé. Se lo dije a Héctor.

—Chico listo.

—¿Y ahora qué hacemos?

—Lo único que se puede hacer en estos casos, huir.

—Con ese bólido que llevan nos atraparán como a tortugas.

—¿Quién ha dicho que vamos a huir en coche?

—Nadie.

—Ahora haz exactamente lo que yo te diga. Y no vuelvas la cabeza. ¿Entendido?

—Entendido. Cuando se huye, no hay que mirar atrás.

—Exacto. Ahora vamos a bajarnos del coche. Tenemos que parecer un padre y un hijo que van a tomar un café tranquilamente. Tú un poco serio, en plan borde. Eso lo haces muy bien porque tienes práctica con tu madre, ¿no?

Me dolió aquello que me dijo, aunque me lo tenía bien merecido.

—Sí, tengo práctica —le solté con rabia.

Nos bajamos y fuimos hacia la cafetería. Sin correr, pero sin pararnos. Sin volver la cabeza. Sin mirar atrás. Si nos hubiéramos vuelto, seguramente le habríamos visto el careto a aquel tipo que ya debía de estar cerca de nuestro coche. Sin embargo, no lo vimos, y por eso no llegué a ponerme nervioso. En los dos últimos metros apreté el paso.

—Tranquilo, no corras, las prisas no son buenas nunca.

—Comprendido —le respondí.

Había mucha gente en la cafetería. Pensé que eso jugaba a nuestro favor.

—Vamos al servicio —me indicó Héctor.

Lo seguí sin hacer preguntas. También había mucha gente en los baños. Héctor se comportó como si no hubiera nadie. Echó un vistazo rápido y enseguida localizó una ventana.

—Vamos —me dijo—. Saldremos por ahí. —Luego se volvió y se dirigió a la gente—: No se preocupen, no pasa nada. Estamos haciendo una comprobación de las salidas de emergencia. Ustedes a lo suyo.

Si no hubiera sido por lo angustioso de la situación, me habría partido de risa. No sé si alguien se rio; yo, al menos, no. Salimos por la ventana a un patio donde había cajas con botellas apiladas. Todo ocurría tan deprisa que no había tiempo para pensar.

Héctor me hizo un gesto y lo seguí. Nos alejamos del patio caminando tranquilamente, como si acabáramos de almorzar. Incluso me echó un brazo por encima del hombro, como se supone que haría un padre con su hijo. Me tomé muy en serio mi papel. Dimos un rodeo para llegar al aparcamiento de los camiones. No había ni rastro de los dos hombres que habíamos visto antes. Probablemente estuvieran en la cafetería, y quién sabe si habrían entrado en los servicios.

—No te muevas de aquí —me ordenó Héctor.

Por supuesto, no le obedecí. Ya habrás ido dándote cuenta de que soy bastante desobediente y eso ha hecho sufrir mucho a mamá.

Se acercó al Mercedes por detrás y dio unos golpecitos en la ventanilla del conductor. Un hombre con la cabeza afeitada, del tamaño de una calabaza gigante, se volvió con brusquedad y bajó el cristal.

—Por favor —le dijo Héctor sin permitirle que viera su cara—, ¿me puede indicar si esta es la salida para Galicia?

Cuando el tercer hombre levantó la cabeza buscando el rostro de Héctor, se encontró el cañón de una pistola entre ceja y ceja. No se movió. No dijo nada. Era un asesino, no un estúpido.

—Bien —dijo Héctor—. Ya no hace falta que me indiques. Ahora te vas a bajar muy despacio, con las manos donde yo las vea, y vas a darme tu pistola, tu cartera y todo lo que lleves en los bolsillos. Y deja las llaves en el contacto, ¿entendido?

El tercer hombre obedeció. Dijo algo, pero estaba de espaldas y no pude oírlo. Héctor puso sobre el techo del coche la pistola de aquel tipo, la cartera y unas esposas.

—Ponte una —le ordenó—. Y no se te ocurra darte la vuelta.

Después Héctor lo enganchó al camión y cerró las esposas. Tomó la llave y la arrojó, junto con la cartera, dentro del coche. Se volvió para buscarme donde me había dejado, pero no me vio.

—Estoy aquí.

Yo lo había visto todo a ocho o nueve metros y

estaba temblando. A ti sí voy a confesarte que estaba muerto de miedo. Y de curiosidad.

—Te dije que no te movieras.

—Ya sabes que soy desobediente.

—Monta —me gritó señalando al Mercedes.

—¿Cómo dices?

—Que montes de una puñetera vez.

Su grito me hizo dar un salto. Subí al coche a toda prisa. Cerré la puerta y, sin que Héctor tuviera tiempo de decirme nada, me abroché el cinturón. Y a pesar de todo, él lo hizo más rápido que yo.

—Agárrate fuerte. Nos vamos.

Arrancó el coche y cruzamos el aparcamiento a toda velocidad. Los otros dos hombres salían en ese instante de la cafetería y al vernos echaron a correr hacia nosotros. Ya habían tenido tiempo para darse cuenta del engaño de los servicios, supongo. Estaban en forma, te lo aseguro. Parecía que estuvieran corriendo la final olímpica de los cincuenta metros lisos. Unos fieras, de verdad. Corrían como liebres. Pero no tenían nada que hacer frente a un coche como aquel.

—Baja la cabeza —me gritó Héctor.

Obedecí inmediatamente. Esta vez no se me ocurrió volverme a mirar. Había aprendido bien la lección. No se oyó ningún disparo. Creo que no les interesaba llamar la atención ni disparar contra su propio coche.

—¿Estás bien, chico?

—Perfectamente —le respondí temblando.

—Siento mucho haberte metido en este lío.

—Pues yo no lo siento.

—¿Y eso?

—Si no me hubieras metido en este lío, seguiría sin saber cómo murió mi padre.

—Tu madre te lo habría contado antes o después.

—No estoy tan seguro.

—Por supuesto. En cuanto hubieras dejado de ser tan borde con ella.

Héctor conducía por la autovía sin ninguna prisa. No superaba los cien kilómetros por hora. Supuse que para pasar desapercibido.

—Saca tu teléfono —me dijo al cabo de un rato.

Obedecí sin rechistar. Me pidió que marcara la última llamada y a continuación me dijo:

—Ahora ponle el altavoz y colócalo sobre el salpicadero. —Al cabo de un rato se oyó una voz metálica y Héctor comenzó a hablar—: Soy KJ4 y esto es una llamada de emergencia. —Y sin esperar respuesta, recitó la frase de Guerra y paz—: «Ya era de noche cuando el príncipe Andréi salió de casa de los Rostov».

—Enseguida le paso. No cuelgue —respondió alguien.

—¿Qué ha ocurrido, KJ4? —dijo al cabo de unos segundos una voz de mujer.

—¿Cómo que qué ha ocurrido? —dijo muy enfadado—. Eso debería preguntarlo yo.

—Tranquilícese, KJ4.

—No voy a tranquilizarme.

—En menos de cinco minutos van a recogerlo. Ya están de camino dos unidades.

—Pues ahórrense la gasolina, porque llegan tarde.

—Cálmese y dígame lo que ha pasado.

Héctor le explicó, sin dejar de gritar, lo de los tres

tipos que nos estaban esperando en el área de servicio de Villalba.

—Tienen ustedes un topo infiltrado, ¿me oye? —le dijo Héctor ya con la voz ronca—. No sé si intercepta las conversaciones o si está tan cerca que no necesita ni poner micrófonos. ¡Por lo que más quiera...! Me estoy jugando la vida y ustedes... ¿Qué demonios están haciendo ustedes aparte de decirme que me tranquilice? Hagan un barrido para detectar escuchas, comprueben la seguridad de las líneas.

Gritaba tanto que me asusté. Nunca había visto a alguien tan furioso. Cuando terminó se hizo un silencio que pesaba como una losa. No sé si segundos o minutos después, aquella mujer volvió a hablar. Había pasado una eternidad.

—Escúcheme con atención, KJ4, cuelgue el teléfono y espere mi llamada. Cambiaré de canal y le llamaré desde un lugar seguro.

Héctor agarró el teléfono y cortó inmediatamente, sin decir nada. Permaneció concentrado en la carretera, pensativo. No me atrevía a hablar. Aunque sabía que no era el culpable de su enfado, tenía miedo de decir cualquier cosa que lo irritara más.

Al cabo de unos minutos volvió a sonar el teléfono. Héctor puso de nuevo el altavoz y lo dejó en el salpicadero.

—Le pido disculpas, KJ4. Lamento mucho lo que ha sucedido. Le garantizo que esto lo vamos a solucionar inmediatamente. Si hace falta, levantaremos hasta la última piedra de este edificio para encontrar a ese topo.

—Para entonces yo ya podría estar muerto.

—Confíe en nosotros.

—¿Es segura esta llamada?

—Totalmente.

—No me fío.

Después empezaron a decir una serie de cosas que yo no podía entender. Hablaban en clave. Eso me molestó. Al cabo de un rato, Héctor dijo:

—Voy al norte, ¿me oye? Cuando encuentre una madriguera segura llamaré para decirle dónde estoy. Pero no quiero que mande a nadie. ¿Entendido?

—Entendido.

—Seguramente tomaré dirección Asturias o Cantabria. Eso lo tengo que decidir aún. Pero voy a dejarle al «pollo de cigüeña» para que lo recojan y lo lleven al nido. Le diré el sitio exacto cuando esté seguro de que el topo ha sido descubierto.

—De acuerdo.

Sentí un arrebato de rabia como jamás había sentido. Y no fue únicamente porque me llamara «pollo de cigüeña», aunque te confieso que eso me escoció. ¿De verdad pensaba dejarme tirado como un saco después de todo lo que había pasado?

—¡Eso es que te lo has creído tú, listillo! —grité de pronto—. Yo no vuelvo al nido.

Héctor me miró como si no diera crédito a lo que oía y veía.

—¿Cómo dices?

—Que no te vas a deshacer de mí tan fácilmente, eso es lo que digo. —Luego perdí el control y empecé a hablar atropelladamente, muy enfadado—: Estamos juntos en esto y vamos a estar hasta el final. No voy a poner en peligro la vida de mi madre ni la mía, ni me voy a cagar en los pantalones por que nos persigan esos asesinos. Yo también voy al norte. Me da igual Asturias que Cantabria. Así que dile a quien sea que no me espere en ninguna parte. Dile que hable con mi madre, que se lo explique, pero con delicadeza. Y que le diga que estoy bien, que la quiero mucho y que nos veremos pronto.

Me pareció que Héctor se había puesto pálido. Al menos se había quedado con la boca entreabierta. Y al cabo de unos segundos dibujó en el rostro algo parecido a una sonrisa.

—Demonios con el pollo, eso no me lo esperaba. —Después miró al teléfono, inclinó ligeramente el cuerpo para acercarse al salpicadero y dijo—: ¿Ha oído usted eso?

—Sí, lo he oído, pero no haga tonterías. Devuelva el pollo al nido, repito, devuelva el pollo al nido.

—Lo siento —dijo Héctor con mucha tranquilidad—. El pollo se queda conmigo hasta que pase el temporal, repito, el pollo se queda conmigo.

—Escúcheme, KJ4, eso es un disparate.

—Y que te vuelen la cabeza por una torpeza de ustedes también lo es. Escúcheme, ahora soy yo quien decide. El pollo viene conmigo. Llamen a su madre, explíquenle lo que ha pasado, sin alarmarla, y díganle que se lo devolveré sano y salvo al nido en cuanto declare en el juicio. Pídanle disculpas. Y, por favor, no la llamen desde las oficinas ni desde un teléfono oficial. Si es necesario, mande a alguien a hablar con ella. No voy a decirle por teléfono dónde está, por supuesto. No me fío. Pero usted tiene los medios para averiguarlo. A partir de este momento únicamente nos comunicaremos por LIAME.

Sin esperar respuesta, y yo creo que sin cortar siquiera la llamada, Héctor bajó la ventanilla y arrojó el teléfono con todas sus fuerzas. Inmediatamente empecé a gritarle:

—Eres un miserable.

—Tranquilo, chico. Te compraré otro que vas a alucinar.

—Eres un..., un....

—Lo sé, pero no puedo arriesgarme a que nos localicen por tu móvil.

—Eso me da igual.

—Cambiarás de idea cuando veas tu nuevo teléfono. Te lo juro.

—No me importa el dichoso teléfono. Me prometiste que no ibas a volver a llamarme «pollo de cigüeña». Eres un embustero.

A Héctor le dio un golpe de tos. Creo que se atragantó por la risa. Y cuanto más reía más me enfadaba yo. Finalmente pudo controlarlo.

—Así que estás hecho una furia por eso. Perdóname, chico, ahora sí que te prometo que no volveré a llamarte lo que te he llamado.

—Júramelo —le grité.

—Te lo juro, chico.

—Y no me llamo chico.

—Lo sé. Te llamas Enrique..., como tu padre. Seguro que él estaría orgulloso de ti.

Capítulo seis

El alias del hombre que acabó contigo, o que dio la orden de que lo hicieran, era Rocky Balboa. Al menos así es como lo llamabais vosotros. Al parecer el nombrecito le venía como anillo al dedo. Eso me lo contó Héctor. Aquel narco estaba obsesionado con el personaje de Rocky, el boxeador de las películas. Por lo visto, cada día proyectaba en su mansión una de las seis películas de la saga. Así durante años. Imagino que eso solo lo hace alguien que está zumbado. Y si uno no está bien de la cabeza y encima se pasa media vida viendo películas de Rocky, tiene bastantes posibilidades de quedar «sonado» para siempre, como el mismo Rocky. El tipo tenía un cine en su casa solo para él, con pantalla gigante. Era como un santuario y nadie más que él entraba en aquel cine privado. Eso fue lo que me contó Héctor, que llegó a conocerlo bien.

Cuando pasó «aquello», llevabais mucho tiempo siguiéndolo. Quizá demasiado, según Héctor, porque basta un pequeño error, un despiste, para que alguien se dé cuenta de que lleva a la policía pisándole los talones. Eso, al parecer, fue lo que ocurrió contigo. Lo más probable es que sus hombres supieran desde hacía tiempo que lo estabais siguiendo. Entonces tendieron una trampa y tú caíste en ella. Lo que más mortificaba a Héctor era que aquella puñalada iba destinada a él en vez de a ti. Me lo confesó con un nudo en la garganta, mientras viajábamos por la autovía hacia el norte, o eso pensaba yo al principio, que íbamos al norte. A ratos, mientras me lo estaba contando, se quedaba callado porque no podía hablar sin emocionarse. Y me contó muchas más cosas.

Por ejemplo, cuando te ocurrió «aquello», Héctor estuvo a punto de pedir la baja en la policía. Me contó que llegó a plantearse en serio montar una empresa de submarinismo, porque era su pasión. Y lo sigue siendo. Luego pensó que, si se iba de la policía, jamás se quitaría de la cabeza la idea de que tú habías muerto por cambiarle el turno. Por eso no lo hizo; por eso se quedó y se presentó voluntario para infiltrarse en la organización de Rocky Balboa.

Fue un trabajo difícil y concienzudo, me confesó. Lo planificaron minuciosamente durante meses. Buscaron la forma de acercamiento a través de uno de sus hombres de confianza, que además se dedicaba al trapicheo. Primero Héctor entró de chófer. Después pasó a ser guardaespaldas. Y a lo largo de tres años consiguió ganarse su favor. Muchas veces tuvo la tentación de acabar con él por su cuenta. Me contó Héctor que en un par de ocasiones lo tuvo frente a él, apenas a dos metros de distancia, borracho y confiado.

—Hubiera sido muy fácil sacar el arma y pegarle un tiro entre las cejas —me dijo sin apartar la vista de la carretera—. Pero eso no habría servido para acabar con mis pesadillas y mis demonios. Quería verlo con las esposas puestas, jurando que era inocente de todo. Quería verlo delante de un juez, mintiendo. Quería verlo condenado y en una celda, compartiendo litera con un violador o con un asesino. Quería que se pudriera en la cárcel por lo que había hecho. Quería que tu padre descansara en paz para siempre y no se me apareciera por las noches en sueños para decirme que no me preocupara, que no era culpa mía lo que le había pasado a él.

Héctor me contó cosas sorprendentes mientras conducía sin prisa. No sé cuánto tiempo llevábamos así —él hablando y yo escuchándolo—, cuando me di cuenta de que no viajábamos en la dirección correcta.

—Por aquí no se va a Asturias ni a Santander —le dije.

—No vamos a ninguno de los dos sitios.

—Pero tú dijiste...

—Sé lo que dije, pero hay cambio de planes.

—¿Por qué?

—Rocky Balboa es muy astuto. Lo conozco bien después de tres años pegado a su sombra. No sabré cómo lo ha hecho, pero es evidente que tiene acceso a la información de la policía. Probablemente tenga intervenidas las comunicaciones. Con dinero se puede conseguir eso y mucho más. No podemos estar seguros de que no haya oído esa última llamada.

—¿Tú crees?

—No lo creo, pero eso no significa que no sea posible. Prefiero que todos piensen que vamos al norte. Lo mejor es que no sepan la verdad hasta el último momento, cuando tengan que recogerme para testificar. Y solo les diré dónde estamos a través de un canal seguro.

—¿Ese es el LIAME que dijiste?

Héctor me sonrió después de llevar mucho rato serio.

—Me sorprendes, chico... Quiero decir, Enrique.

—No soy tan inútil como piensa la mayoría de la gente.

—Nunca he pensado que fueras un inútil. Solo un botarate.

—¿Y qué significa?

—¿Botarate? Es el que hace las cosas sin pensarlas ni calcular sus consecuencias, como tú.

—Sé lo que significa «botarate» —le dije enfadado—. Me refiero a LIAME.

De nuevo sonrió.

—Es E-MAIL al revés.

—¿Así de sencillo?

—A veces las cosas sencillas son las más efectivas. No sé por qué nos complicamos la vida de esa manera tan absurda. No hay más que poner al derecho las cosas que están al revés. ¿No crees?

Me pareció que me lo decía con doble sentido.

—Entonces, ¿os vais a comunicar por correo electrónico?

—Chico listo.

No sé cuánto tiempo duró aquel viaje. Fueron unas cuantas horas, aunque a mí se me hicieron cortas. Héctor me siguió hablando de ti. Todo me resultaba novedoso, por supuesto, y es posible que muchas cosas ni siquiera las conociese mamá. Paramos en una gasolinera y Héctor buscó un teléfono público.

—¿Te sabes el teléfono de tu abuela?

—Claro. Soy un chico listo, no lo olvides.

Héctor habló con mi abuela y después con mamá. Me pidió que lo esperase fuera. No sé por qué no quería que oyera lo que iba a decirle. Hasta donde pude averiguar después, le contó todo sin entrar en detalles y le explicó que los del Programa de Protección de Testigos se iban a poner en contacto con ella para contarle lo mismo, pero con muchas palabras rimbombantes y muchos rodeos. Entonces me hizo un gesto para que entrara y me puso el teléfono en la mano.

—Es tu madre —me dijo—. Quiere hablar contigo.

Me temblaba la voz. Mamá no estaba enfadada conmigo. Eso me dio ánimos. Le dije que no tenía por qué preocuparse.

—¿Cómo quieres que no me preocupe?

Le dije que Héctor cuidaría de mí.

—Eso ya lo sé.

Le dije que le escribiría por LIAME en cuanto pudiera.

—¿Cómo dices?

—Que te mandaré un *e-mail*.

Le dije que se me daba mejor escribir que hablar.

—Eso también lo sé.

Le dije que la quería, que me perdonara.

—¿Perdonarte por qué?

—No sé, por lo que te parezca bien. Eso te dejo que lo elijas tú.

Conseguí arrancarle unas risas.

—Tú cuídate mucho ahora y olvídate de los perdones —me dijo.

Cuando colgué, sentí como si me hubiera quitado de encima un peso que llevaba aplastándome cinco años.

—¿Nos vamos? —me dijo Héctor.

—¿Adónde?

—Pronto lo sabrás.

Oróspeda es un pueblo de algo más de mil habitantes, que a su vez depende de otro pueblo más grande que es cabecera de comarca. Está muy alto, creo que a casi mil metros sobre el nivel del mar, y por eso hace bastante frío en invierno y suele nevar. En realidad, Oróspeda no es un pueblo, sino una pedanía, aunque eso no lo supe hasta tiempo después. A mí me pareció muy pequeño, pero las pedanías de alrededor eran más pequeñas aún. Habíamos recorrido hacia el sureste más de cuatrocientos kilómetros, que a mí se me habían hecho cortos.

Héctor no me quiso decir adónde íbamos hasta que aparecieron las luces del pueblo en la distancia y me hizo un gesto con la cabeza.

—¿Es ahí? —le pregunté.

—Chico listo —me respondió.

Vi el cartel con el nombre del pueblo y traté de memorizarlo. Ya había anochecido cuando entramos por la calle principal, que iba a parar a una plaza. Todo estaba poco iluminado. O eso me pareció a mí.

—¿Has pensado que si te paran y te piden la documentación del coche puedes tener problemas?

Héctor me miró como si hubiera oído a un extraterrestre.

—¿Con quién te crees que estás hablando? —me dijo fingiéndose ofendido—. Por supuesto que lo he pensado.

—¿Y...?

—Como ves, no nos ha parado nadie.

—¿Y si denuncian el robo del coche?

Ahora sonrió sin mirarme.

—Eso no va a pasar. Sería como meterse en la boca del lobo. Esos matones van a estar un tiempo fuera de la circulación por la cuenta que les trae. Están quemados y se expondrían demasiado si no lo hicieran.

Héctor circulaba muy despacio, mirando a un lado y a otro, como si esperase ver a alguien conocido.

—Esto es una mierda de sitio —le dije.

—Seguro que la gente que vive aquí no piensa lo mismo.

—¿Dónde vamos a quedarnos?

—Todo a su debido tiempo.

Atravesamos el pueblo sin detenernos y seguimos una carretera comarcal, o algo así. Cuando quedaron atrás las casas, Héctor se desvió por un camino asfaltado y enseguida tomó otro camino de tierra, estrecho.

—Es ahí —me dijo señalando un grupo de casas.

Eran cuatro o cinco viviendas rurales en círculo, alrededor de una plaza donde había un tractor y una máquina que no había visto en mi vida.

Héctor detuvo el coche, apagó las luces y me dijo:

—Ahora no te muevas de aquí. —Fui a protestar, pero él me señaló con un dedo—. Y no me repliques.

Se oyó un ladrido cerca. Enseguida se acercó un mastín enorme. Parecía un toro que saliera de la oscuridad. Conforme se aproximaba a Héctor dejó de ladrar y empezó a mover el rabo. No cabía duda de que lo había reconocido, aunque —como supe después— hacía más de tres años que no lo veía. Es sorprendente la memoria de algunos animales. Héctor se agachó y lo acarició. Me pareció que le decía algo al animal, pero las ventanillas del coche estaban subidas y no pude oír nada. Luego se acercó a una de las casas —la única que tenía las luces encendidas— y llamó a la puerta. No pude ver quién le abría. Todo me resultaba muy misterioso.

Esperé con paciencia y con mucha curiosidad. Los minutos pasaban muy despacio. Al cabo de no sé cuánto tiempo —yo diría que mucho—, Héctor se asomó y me hizo un gesto desde la casa para que me acerara. Me bajé nervioso y corrí hacia él.

Era una casa de campo nueva que parecía antigua. La habitación central tenía una chimenea que estaba encendida. En pie, esperándome con curiosidad, había tres personas: un chico menor que yo, un hombre de la edad de Héctor y una mujer bellísima que no sabría decir cuántos años tenía. Ella captó toda mi atención. Tenía unos rasgos exóticos. Parecía india o mestiza, no sé. Seguramente ya sabrás a quién me refiero. Héctor me dio un empujoncito para que entrara, porque me había quedado clavado en la puerta como si hubiera descubierto a los Reyes Magos colocando los regalos junto a la chimenea.

—Este es Enrique —les dijo Héctor a los tres mientras me agarraba el brazo y tiraba de mí—. Ahora está muy cortado, pero cuando tome confianza y empiece a haceros preguntas os aseguro que os dolerá la cabeza como me duele a mí.

Le hice un gesto para que no exagerase, pero él no me estaba mirando.

—Bienvenido, Enrique —dijo el hombre.

Luego Héctor me dijo el nombre de cada uno: Martín, el que me había saludado; Ariché, su mujer; Jorge, hijo de ambos. El nombre de Ariché explicaba en parte aquellos rasgos que me habían llamado la atención. Pensé que sería un nombre indio o algo así.

—Jorge es casi de tu edad —dijo Héctor—. Tiene trece años.

—Yo tengo quince —respondí herido en mi orgullo.

Martín se acercó y me dio la mano. Tenía unos ojos grandes y claros, entre azules y verdes; el cabello rubio. Vestía con ropas de campo: botas, chaquetón grueso. Sus manos eran fuertes y estaban ásperas.

—¿Tienes hambre? —me preguntó Ariché.

—No... Es decir, sí.

—No hemos comido nada —le explicó Héctor—. Hicimos el viaje de un tirón para evitar complicaciones.

—Lo primero será esconder el coche —dijo Martín—. Vamos a meterlo en el cobertizo. Ahí no lo verá nadie.

En ese momento se abrió la puerta a mi espalda y todas las miradas se desviaron hacia el mismo punto.

—Lo siento —dijo alguien a quien no podía ver aún—. Se me ha hecho un poco tarde porque tuve que echarle gasolina a la moto.

Era voz de chica. Supuse que sería hija de Martín y Ariché. Y no me equivoqué mucho.

—¿Tenemos visita? —preguntó la chica y enseguida gritó el nombre de Héctor y se abalanzó sobre él para abrazarlo.

Tenía el pelo largo, recogido con una cola. Calculé que tendría más o menos mi edad. Tardé un rato en verle la cara porque no se soltaba de Héctor. Saltaba a la vista que estaba muy contenta de verlo después de tres años. Yo hacía mil suposiciones sobre la relación de Héctor con aquella familia que lo trataba como si fuera uno de los suyos.

—Mira —dijo Héctor obligándola a darse la vuelta—, este es Enrique.

Ella se volvió y me miró de pasada. Apenas me prestó atención. Se parecía mucho a la madre y nada a Martín. En realidad no era tan guapa como Ariché, aunque tenía algunos de sus rasgos exóticos. Nadie me dijo su nombre, ni yo me atreví a preguntarlo. Lo cierto es que la chica me ignoró por completo. Empezó a hacerle preguntas a Héctor y no volvió a mirarme. Yo, sin embargo, no aparté la mirada de ella en todo el tiempo.

Mientras Héctor y Martín escondían el coche en el cobertizo, me fui a la cocina con el resto de la familia. Ariché estaba preparando la cena, y los dos hijos comenzaron a poner la mesa. Era una cocina muy amplia. Ariché se comportaba como si yo no fuera un desconocido. Tenía un acento muy marcado al hablar que yo no supe identificar. Me pidió que le mostrara los cortes de la mano. Me quitó el vendaje de papel higiénico.

—¿Quién te ha puesto esto?

—Fue cosa de Héctor para salir del paso. No podíamos hacer gran cosa sin llamar la atención.

Ariché me lavó la herida y después me la desinfectó con una gasa. Me la dejó al aire para que se secara.

—Dice Héctor que no traéis equipaje... —dijo Ariché.

—No nos dio tiempo a pillar nada.

—Mañana iré a comprar algo. ¿Qué talla usas?

—No sé.

Estaba a punto de decir que era mi madre la que me compraba la ropa, pero vi la cara de extrañeza con la que me miraba la chica y me dio corte.

—¿No sabes la talla que usas? No te creo.

Su madre la reprendió:

—Teisa, no seas indiscreta.

¡Así que se llamaba Teisa! ¿Qué nombre sería aquel?, ¿un nombre indio tal vez?

—Bueno, es que lo de las tallas es un lío —traté de justificarme—. Yo me pruebo la ropa y si me viene bien me la quedo.

—Chico listo —dijo Teisa, y detrás de aquella expresión me pareció descubrir la influencia de Héctor—. ¿Cuántos años tienes? —me preguntó inesperadamente.

—Por favor —la cortó su madre—. Esto parece un interrogatorio.

—Quince —respondió Jorge en mi lugar.

—¿Y tú? —pregunté.

—Dieciséis —respondió Teisa—. Te gano.

—Pareces más joven —le dije intentando que fuera un cumplido, pero ella me miró como si la hubiera ofendido.

Nunca entenderé a las mujeres: a unas, como a mamá, les gusta quitarse años, y otras se molestan si les dices que parecen más jóvenes de lo que son. No sabía qué hacer para quedar bien con Teisa, así que decidí que lo mejor era mantener la boca cerrada todo el tiempo que pudiera.

—Entonces estás en cuarto, ¿verdad? —continuó Jorge con el interrogatorio.

—Pues sí, en cuarto —mentí.

Me había puesto colorado y me quemaban las orejas. Era imposible que no se dieran cuenta. Pero cada uno seguía a lo suyo. Me volví a la ventana y fingí que miraba hacia el cobertizo en el que estaban Héctor y Martín.

—¿Y tú en qué curso estás? —le pregunté a Jorge para disimular, aunque ya suponía la respuesta.

—En segundo.

Ese era mi curso, segundo. De pronto me entró mala conciencia por lo mal que había aprovechado el tiempo en el instituto.

—¿Te vas a quedar muchos días? —preguntó Teisa como si me conociera de toda la vida.

—Por favor, hija, eso suena muy descortés.

—No, si a mí me gusta que vengan invitados. Tú quédate todo lo que quieras. Aquí no vas a aburrirte. ¿Y tenéis vacaciones ahora en tu pueblo?

—No vivo en ningún pueblo.

—¿Dónde vives?

—En Coslada.

—Bueno, también Coslada es un pueblo. Grande, pero pueblo, ¿no?

—Si lo quieres ver así...

—No te mosquees por eso.

—No me he mosquedado. —La verdad era que me estaba empezando a resultar incómodo el interrogatorio—. No estoy de vacaciones, si es eso lo que quieres saber. Será mejor que te lo explique tu madre. No creas que yo entiendo mucho lo que está pasando.

Teisa enmudeció, para mi sorpresa, y miró a su madre.

—Eso será después —zanjó Ariché—. Ahora tenemos que cenar, porque Enrique está hambriento.

—Yo también —dijo Teisa—. ¿Y por qué no te dio tiempo a pillar ropa, si puede saberse?

—Porque había unos tipos que querían matarnos —le respondí con brusquedad, molesto por tanta preguntita.

Teisa me miró distraída, pero seria.

—Entiendo.

—¿Sabes disparar? —preguntó Jorge.

—Por favor, ¿queréis dejar ya el interrogatorio? —intervino tajante su madre.

—No, si a mí no me importa... —mentí.

—Sí —dijo Teisa—. Dejemos las preguntitas para después. Ahora tienes que cenar algo. ¿Sabes que te están zurriendo las tripas?

Y era verdad. Hacía un rato que oía un ruido extraño que no conseguía identificar. Por un momento pensé que eran las cañerías o el desagüe del fregadero. Sin embargo, Teisa tenía razón, eran mis tripas.

Capítulo siete

Me desperté muy avanzada la mañana. Me costó trabajo reconocer dónde estaba. Ni siquiera sabía si se trataba de un sueño o si aquel cuarto era real. Había dormido profundamente. Cuando por fin recordé lo que había pasado la noche anterior, me incorporé de un salto y me apoyé en el cabecero de la cama. Entraba algo de luz a través de la persiana bajada. La suficiente para ver mi ropa sobre la silla. En unos segundos me vino a la cabeza la conversación con Héctor en aquel mismo dormitorio. Eran demasiadas novedades para asimilarlas en tan poco tiempo.

La noche anterior, cuando estábamos terminando de cenar, empecé a sentir el cansancio en los brazos y en las piernas. Era como si me pesaran mucho. Ariché debió de darse cuenta. Es posible, incluso, que se me escapara algún bostezo.

—Enrique está muy cansado —le dijo a su marido—. Será mejor que le enseñemos su cuarto.

—No estoy cansado —mentí.

Ariché y Martín sonrieron a la vez. Seguramente mi cara debía de ser un libro abierto.

—Te pareces mucho a tu padre —dijo Martín.

De pronto el cansancio desapareció.

—¿Conociste a mi padre?

Martín miró a Héctor con extrañeza.

—¿No le has contado nada?

—Todavía no —respondió Héctor—. Antes quería asegurarme de que estuviera preparado.

—¿Y lo está? —preguntó Martín.

—Ahora creo que sí —dijo Héctor muy serio.

Martín se echó ligeramente hacia atrás y dejó la silla apoyada únicamente en dos patas.

—Tu padre y yo fuimos compañeros.

—¿En el instituto?

—En la policía.

Mis pensamientos empezaron otra vez a correr a toda velocidad. No era posible que me estuvieran ocurriendo tantas cosas en un mismo día.

—¿Tú eres policía?

—Es una historia larga —respondió Martín—. Será mejor que hablemos de eso mañana. Todos estamos agotados.

—Yo no —insistí.

Sonó ridículo porque un segundo después se me escapó un bostezo que pareció el rugido de un león. Ariché se levantó y les hizo un gesto a sus hijos.

—Habrá tiempo para hablar de esto y de mucho más —dijo la mujer, y luego señaló a sus hijos—. Estos dos van a acostarse porque mañana tienen clase.

Jorge y Teisa protestaron, cada uno a su manera, pero no les sirvió de nada. Héctor ya se había levantado.

Martín y su mujer vivían de la agricultura y del alquiler de casas rurales, que habían comprado y res-

taurado ellos mismos. Eso me lo contó Héctor poco
después. Eran cuatro casas de distinto tamaño alrededor
de una gran plaza. Y una quinta en la que vivían ellos.
Nosotros nos instalamos en la más pequeña, pegada a
la suya. Era una casa con dos dormitorios y un salón-
cocina. En realidad solo la utilizamos para dormir y
ducharnos.

Cuando Héctor y yo nos quedamos a solas en la
casita, ya me había espabilado un poco. A pesar del
cansancio, no quería meterme en la cama sin hacerle
unas cuantas preguntas. Héctor lo sabía y quizá por eso
no dejaba de mirarme con una sonrisa burlona.

—¿Qué te pasa? —me dijo cuando vio que lo miraba
con insistencia.

—No lo sé. Parece como si todo esto no estuviera
ocurriendo de verdad.

—Pues está ocurriendo —dijo, y me señaló la puerta
de mi dormitorio.

—No tengo sueño.

—Estás mintiendo.

—Bueno, estoy cansado, pero no creo que pueda
dormirme.

Me cogió del brazo y me llevó hasta el dormitorio.
A continuación se sentó en una silla y me señaló la
cama para que me sentara.

—¿Quieres preguntar algo? —me invitó, ahora sin
sonreír.

—Sí, pero no sé por dónde empezar.

—En eso no puedo ayudarte.

Empecé a hacerle preguntas sin mirarlo a la cara.

—¿Quiénes son Martín y Ariché?

—Unos amigos de hace muchos años. Esa pregunta es muy fácil. Hazme otra más complicada o métete en la cama.

—¿Martín es policía?

—No, ahora no lo es, lo fue hace años. Siguiente pregunta.

—¿Era amigo de mi padre?

—Sí, tu padre, Martín y yo fuimos buenos compañeros y muy buenos amigos.

—¿Por qué ya no es policía?

—¿De verdad quieres saberlo?

La historia que Héctor comenzó a contarme me puso la piel de gallina. Parecía el argumento de una película, pero era real.

Según Héctor, de los tres amigos, Martín era el que tenía una mayor vocación de policía. Toda su vida había soñado con serlo. Y lo consiguió. Era un tipo perfeccionista, meticuloso, un buen policía, en palabras del propio Héctor. Algunos de los compañeros bromeaban y se burlaban de él por lo escrupuloso que era en su trabajo.

Un día en que Martín estaba de servicio con otro compañero, vieron algo anormal mientras circulaban en el coche patrulla. Un hombre salió corriendo de una sucursal bancaria y a punto estuvieron de atropellarlo. El hombre estaba muy asustado. Les contó a los dos policías que un individuo estaba atracando el banco. Martín se acercó a la sucursal mientras su compañero apartaba el coche de patrulla de la vista y pedía refuerzos por radio.

—Todo ocurrió muy rápido —me contó Héctor—.

Cuando Martín estaba a seis o siete metros del banco, salió un hombre corriendo. Llevaba la cara tapada y el botín en una saca de las que transportan el dinero en los coches blindados. Martín le dio el alto y aquel hombre se volvió y disparó contra él. Ocurrió tan deprisa que apenas tuvo tiempo de reaccionar. La bala le rozó el hombro y Martín disparó, con tan mala suerte que le dio justo en el corazón. Eso, que puede parecer una diana certera, sin embargo, es lo peor que puede pasarle a un policía. Tú no sabes lo duro que es matar a una persona.

—¿Tú has matado alguna vez a alguien? —le pregunté.

Héctor me miró como si no entendiera lo que acababa de preguntarle.

—¿Estamos hablando de Martín o de mí?

—Perdón, no quería interrumpirte. Sigue, por favor.

Héctor tardó un rato en retomar el hilo de la historia. Me contó que aquella muerte fue un golpe tan duro para Martín que le hizo replantearse su trabajo. Aquel hombre que salió corriendo del banco murió al instante. Y resultó que apenas se había llevado un montón de billetes con los que difícilmente habría podido sobrevivir más de un par de meses. Se había jugado la vida y la había perdido por nada, o por casi nada. Martín pasó una crisis importante. El hombre al que había matado tenía antecedentes por robo con violencia, había estado en la cárcel y en aquel momento se encontraba en libertad provisional. Pero Martín supo, además, que tenía una esposa y una hija de poco más de un año en un pueblo muy pequeño de los Pirineos. Sin oír los consejos de sus amigos ni de su familia, pidió una excedencia en la policía y se marchó a aquel pueblo del que no había oído hablar nunca. Todos le dijeron que no lo hiciera, que aquello era un disparate, una locura. Sin embargo, Martín se dejó llevar por lo que le dictaba su conciencia. Se presentó en la casa de la viuda y le dijo: «Yo soy quien mató a su marido». La mujer lo miró muy sorprendida y le contestó: «Si no lo hubiera matado usted, lo habría matado cualquiera. Su destino estaba escrito desde hacía mucho tiempo».

—Esa mujer era Ariché —me dijo Héctor.

—¿De verdad?

—¿Tengo cara de estar bromeando?

—No.

—Y su hija era Teisa.

—¿No es hija de Martín?

—Es la hija del hombre a quien mató Martín. ¿Por qué pones esa cara?

—Bueno, no es una historia que se oiga todos los días... Sigue, por favor.

—Ariché nació en México. Su padre era de un pequeño pueblo de los Pirineos, pero se marchó a los veinte años a América para buscarse la vida. Su familia era muy pobre, por lo visto. En México conoció a la madre de Ariché y se casó con ella. La abuela era india o mestiza, no estoy seguro, por eso tiene esos rasgos. El padre de Ariché volvió a vivir a España con su esposa mexicana. Montaron un hotel en ese pueblo que te he dicho, en el Pirineo de Huesca. El marido de Ariché era de aquella zona; se conocieron y se casaron enseguida. Ella, enamorada; él resultó que no era trigo limpio. Aquel matrimonio no funcionó desde el principio.

—El marido le salió rana, ¿no es eso?

—Yo diría que sapo. El encandilamiento de la luna de miel se esfumó enseguida. Al poco tiempo de casarse, se quitó la piel de cordero y mostró el león que escondía debajo. Jugador, bebedor, violento...

—Una joya, vamos.

—Sí, una joyita. Por suerte para Ariché, él se marchó pronto del pueblo y se olvidó de ella. Teisa era tan pequeña que no se enteró de nada.

—¿Y qué pasó con Martín?

—Se quedó en aquel pueblo y encontró trabajo en un bar de mala muerte, aunque él estaba encantado. Cada cierto tiempo iba a visitar a la viuda del hombre al que mató. A la niña también. Así fue como empezaron su relación. Aquí, entre tú y yo, te contaré que Martín se enamoró de ella en cuanto la vio.

—No me extraña. Es una mujer muy dulce y muy guapa.

—Sí, lo es. Ninguno de los que la conocemos podemos explicarnos cómo se casó con aquel energúmeno.

—El amor es ciego —le dije, y Héctor sonrió.

—¿Tienes mucha experiencia?

—La justa para saberlo. Pero no estamos hablando de mí, ¿verdad?

—Sí —me dijo divertido—. Tienes razón.

Héctor siguió contándome la historia. Durante más de un año, ni los amigos ni la familia tuvieron noticias de Martín. Y un buen día dio señales de vida para contar que se casaba. Héctor y tú estuvisteis en la boda. Aquel detalle me resultó emocionante.

—¿Y mi madre? —le pregunté.

—Sí, ella también estuvo allí. Faltó esto —dijo haciendo un gesto con los dedos— para que te llevaran a ti.

—¿Y por qué no lo hicieron?

—Creo que cayó una nevada de campeonato y decidieron dejarte con tu abuela en Madrid.

—Qué lástima. Me habría gustado haber ido también a la boda.

Héctor soltó una carcajada que hizo temblar la habitación.

—Te diré que cuando nos contó que se casaba y con quién se casaba, tu padre y yo pensamos que se había vuelto loco. Pero cuando conocimos a Ariché lo entendimos todo. Ahora Teisa es hija suya. La adoptó.

—¿Y Jorge?

—Jorge nació en este pueblo. ¿No has visto cuánto se parece a su padre?

—Sí, son clavaditos.

La historia daba mil vueltas en mi cabeza y me venían mil preguntas para hacerle a Héctor. Me levanté de la cama y me asomé por la ventana. Había tanta niebla que no se distinguían las otras casas. Reconocí, eso sí, la silueta del mastín tumbado en nuestro porche.

—¿Por qué se vinieron a vivir precisamente aquí? —pregunté.

—Es un lugar tranquilo.

—Pero está lejos de todo, incluso del pueblo de Ariché. Parece que estemos fuera del mundo.

—Martín es de aquí. Su padre era agricultor. Cuando dejó la policía y se casó con Ariché, decidieron que querían empezar de cero en otro lugar. Así que se vinieron aquí, donde él creció. Se hizo cargo de los campos de su padre y más tarde abrió un negocio de turismo rural. Ahora cultiva algunas tierras, pero cada vez menos. La agricultura se muere si alguien no lo remedia.

—¿Y no echa de menos la vida de policía?

—Yo diría que no, pero eso tendrías que preguntárselo a él.

Permanecí un rato en silencio, mirando a Héctor. Por un momento me pareció que me estaba leyendo el pensamiento.

—Vamos, suelta esa pregunta que tienes en la cabeza, no te quedes con dudas —me dijo.

—No iba a preguntar nada.

—¿Seguro?

—Bueno, sí. ¿Cómo se llevaban mi padre y Martín?

—Eran muy buenos amigos. Los tres nos conocimos en la academia. Pero ellos dos se llevaban especialmente bien porque tenían una forma muy parecida de ver el mundo.

Cuando Héctor se marchó a dormir, mi cabeza era un torbellino de frases e imágenes. Pensaba en todo lo que sabía de ti y en todo lo que me faltaba por saber, que era mucho. Traté de reconstruir la historia de Martín y Ariché como si fuera una película. Sin embargo, me quedé frito. Estaba tan cansado que no recuerdo haberme quitado la ropa, ni meterme en la cama, ni nada de nada. Lo único que sé es que, cuando abrí los ojos, estaba en una habitación que no era la mía y me costaba recordar cómo había llegado hasta allí.

Hacía una mañana clara de sol. No quedaba rastro de la niebla de la noche anterior. Cuando salí a la plaza amplia, eché de menos el teléfono móvil. No sabía la hora que era. Entré en la casa principal. Encontré a Héctor sentado en el salón, delante de un ordenador portátil. Estaba tan concentrado que apenas levantó la cabeza. Le di los buenos días y me respondió con un sonido gutural. Luego me hizo un gesto para que esperase un momento a que terminara.

Me entretuve observando los detalles del salón que no tuve tiempo de ver la noche anterior. La casa estaba decorada con mucho gusto. Aunque era una vivienda rural, había detalles que le daban un aspecto muy particular. Había una bandera de México, fotografías del desierto y cerámica que parecía antigua. Y La Catrina pintada en un cuadro. Eso fue lo que más me llamó la atención. No sé si sabes lo que es La Catrina. Te lo cuento, porque me resulta muy curioso. La Catrina es una calavera vestida de mujer, con un sombrero antiguo con plumas y cosas así, del estilo de los que se llevaban hace cien años. Según me explicó más tarde Ariché, era la manera de burlarse de los indígenas que pretendían vivir según las formas de los europeos, renunciando a sus orígenes. Su representación es una mezcla de burla y de terror. Me quedé embobado mirando la calavera.

—Ya está —gritó de pronto Héctor dando un puñetazo en la mesa. Yo di un salto y me llevé la mano al corazón—. Perdona, ¿te he asustado? —Negué con la cabeza, pero no era cierto—. ¿Te gusta ese cuadro?

—No estoy seguro —respondí.

—A mí me pasó lo mismo la primera vez que lo vi. Da un poco de yuyu, pero al mismo tiempo no puede uno dejar de mirarlo.

—Es verdad.

—¿Has dormido bien? —Le dije que sí y Héctor me hizo un gesto para que me sentara—. He contactado con tu madre.

—¿Y qué le has dicho?

—Sería largo de contar. Hemos estado escribiéndonos más de una hora a través del correo electrónico. De momento es lo más seguro.

Noté a Héctor animado.

—¿Cómo está mi madre?

—Ahora más tranquila. Le he explicado mis planes y está de acuerdo conmigo en que lo mejor es que te quedes aquí hasta que tenga que declarar en el juicio.

—¿Y eso cuándo será?

—Antes de diez días.

—¿Y las clases?

—No me digas que las echas de menos.

—No, pero me extraña que a mi madre le parezca bien que no vaya al instituto.

—Tu madre está angustiada por tu culpa. No sabe qué hacer contigo. La has hecho sufrir tanto que ya no está segura de si la quieres o la odias.

—No la odio.

—Entonces, ¿la quieres?

—Sí.

—¿Y por qué no se lo dices? O mejor, ¿por qué no se lo demuestras?

—Me cuesta trabajo decir ciertas cosas.

—Pues a mí, que no me conoces de nada, me lo acabas de decir con la mayor naturalidad.

—Es distinto.

—¿Distinto por qué?

—Por eso, porque no te conozco de nada.

—Eso sí que es chocante —me dijo fingiendo una risa que sonó superfalsa—. Le he prometido que le escribirás todos los días por *e-mail*. ¿Le escribirás?, ¿o me harás quedar mal?

—Claro que lo haré. ¿Y qué pasa con los del Programa de Protección de Testigos?

—De ese asunto me encargo yo. Es cosa mía.

—Y mía —le dije.

Héctor se puso en pie y se acercó a mí. Se quedó mirando el cuadro de La Catrina. Yo me volví también hacia el cuadro y seguimos hablando sin mirarnos, concentrados en la calavera.

—Bien, te contaré cómo están las cosas. Los del Programa de Protección creen que estamos en Santander. Los hombres de Rocky Balboa no podrán encontrarnos, excepto que tú les digas dónde estamos. Ni siquiera tu madre lo sabe. Y nadie debe saberlo hasta el día en que yo tenga que testificar. Únicamente entonces se lo diré. Han tenido que aceptar mis condiciones porque no les quedaba otro remedio.

—Nos quedaremos aquí hasta entonces, ¿no?

—Correcto. Haremos una vida normal, como un padre y un hijo que han venido a pasar unas vacaciones fuera de temporada en casa de unos familiares. Lo único que debemos procurar es no llamar mucho la atención.

En ese momento se abrió la puerta de la calle y entró Ariché con varias bolsas.

—Vaya, ¿les gusta La Catrina?

—La verdad es que pensaba contarle la historia a Enrique, pero la he olvidado totalmente. ¿Cómo era eso de la calavera garbancera?

Ariché se rio y dejó las bolsas sobre la mesa.

—Hagan el favor de probarse esto y dejemos esas historias para más tarde. Si se escuchan junto al fuego, resultan más interesantes.

Héctor y yo nos probamos la ropa que había comprado Ariché. Tenía un ojo clínico para las tallas. Acertó de pleno.

—¿Quién pagará esto? —le pregunté a Héctor cuando nos quedamos a solas—. Yo no tengo ni un céntimo.

—¿Esa es tu mayor preocupación ahora mismo?

—Creo que sí.

—Entonces te envidio. Yo me encargo de todo.

Fui a decir algo más sobre el asunto, pero Martín acababa de aparcar su coche en la puerta de casa y Héctor pasó de mí.

—¿Cuándo podré escribirle a mi madre?

—Cuando quieras —me respondió distraído—. Tienes el ordenador encendido.

Estuve comunicándome con mamá por chat un buen rato. Le conté cosas que jamás le habría dicho si hubiéramos estado frente a frente. Cuando volvieron Jorge y Teisa del instituto, cerré el ordenador.

Jorge estuvo especialmente amable conmigo. Quería saber qué había hecho durante toda la mañana, qué me parecía el pueblo, cuánto tiempo iba a quedarme.

—Chico, déjalo respirar —dijo su hermana—. Si le metes mucha presión, escapará en cuanto te des la vuelta.

—No me está metiendo presión —le dije muy serio a Teisa.

—Bueno, tú verás lo que haces. Como le des mucha confianza, este te invita a conocer a sus colegas y te veo toda la tarde metido en los billares.

Hice un gesto para indicarle que no me molestaba, pero ella no lo vio porque se había dado media vuelta y se metió en la cocina. Jorge seguía revoloteando a mi alrededor.

—Les he hablado a mis colegas de ti —me dijo bajando la voz como si aquello fuera un secreto.

—¿Bien o mal?

—Bien, claro.

—¿Y...?

—Me han pedido por favor que te invite a venir con nosotros esta noche.

—¿Con vosotros?

—Sí, los viernes nos echamos unos futbolines. Estamos entrenando para el campeonato.

—¿El campeonato mundial o qué?

—No, uno que hacemos todos los años la gente de clase.

—Ah, eso suena a mucho nivel.

—¿Te gusta el futbolín?

Debí de hacer un gesto de pereza porque Jorge se puso colorado y añadió:

—Bueno, no pasa nada. A ti estas cosas ya no te irán, me imagino.

—No, no es eso. Es que hace tanto tiempo que no juego que pensaba que ya no existían los futbolines.

—Entonces, ¿quieres venir?

—Tengo que preguntarle a Héctor.

—Vale... Pero te va a decir que sí.

—¿Y tú cómo lo sabes?

—Porque lo conozco mejor que a mi padre.

—Yo también —le dije.

Y no mentía.

Capítulo ocho

Héctor no me puso ningún inconveniente cuando le pregunté si podía salir con Jorge y sus amigos aquel viernes.

—Pero ten mucho cuidado —me advirtió.

—¿A qué te refieres?

Se quedó pensativo.

—Pues no sé. Quiero decir que no te metas en líos y todas esas cosas. ¿No es eso lo que se supone que les dicen los padres a los hijos?

—Sí, más o menos.

—Además, no nos conviene llamar la atención.

—Tranquilo, esa es mi especialidad —le dije—, pasar desapercibido.

Héctor me miró de una forma rara. Creo que no sabía si le estaba hablando en serio o le estaba vacilando. Pero lo dije convencido, te lo aseguro. No hay nada que desee más que pasar desapercibido. Y, sin embargo, tengo la sensación de que todo se organiza a mi alrededor para que sea al revés. Es verdad que en los últimos años me he metido en unos cuantos líos, sobre todo en el instituto, y siempre ha sido en contra de mi voluntad. Si pudiera, algunas veces me haría invisible.

Y por el contrario, cuando pretendo que alguien se fije en mí, me siento como si realmente fuera invisible. No sé si me entiendes. Igual me estoy liando.

En fin, lo que yo quería contarte era lo de la salida con Jorge y sus colegas. Cuando Ariché se enteró de que iba a ir con ellos, me preguntó si me gustaba jugar al futbolín.

—Bueno, sí... —le dije sin estar nada convencido.

Entonces me pidió que le enseñara la palma de la mano y me miró la herida que me había desinfectado la noche anterior.

—Yo diría que no vas a jugar mucho así.

Sacó de un cajón un saquito de tela y me pidió que me sentara frente a ella. Cuando me tomó la mano, noté un calor intenso que ya había sentido la noche anterior, a pesar de que no le había dado importancia.

—Estás ardiendo —le dije.

—No te asustes, no es más que calor.

Vació unas hierbas sobre la mesa. Con mucha paciencia las colocó en un plato e hizo una especie de cataplasma. Luego me la puso en la palma de la mano y me pidió que estuviera un rato sin moverme.

—¿Me la vas a vendar?

—No hace falta. Estas hierbas son cicatrizantes. Será suficiente con que las mantengas así un cuarto de hora.

Cada vez que me tocaba, sentía el calor intenso de sus manos. Y ella me sonreía al ver mi gesto de extrañeza. Al cabo de un rato se puso detrás de mí y me dijo:

—¿Estás asustado?

No entendí el sentido de la pregunta. Me volví para mirarla, pero ella me sujetó la cabeza y me obligó a seguir mirando hacia delante.

—No, no estoy asustado.

—Pero te preocupa algo, ¿no es cierto?

—Sí...

—¿Qué te preocupa?

—No lo sé.

Me puso las manos sobre la cabeza y enseguida sentí su calor.

—¿Me permites? —me preguntó y yo asentí sin hablar—. No va a dolerte. Confía en mí.

—Confío en ti.

Me dio un masaje muy suave en el cráneo y sentí que el calor de sus manos se extendía por mi cabeza.

—Lo has pasado mal últimamente... —empezó a decirme—. Yo diría que tu pensamiento te tortura. ¿Es así? —Volví a asentir con un movimiento ligero de cabeza—. No debes asustarte por lo que te pasa. A veces nuestra mente y nuestro cuerpo no van por el mismo camino.

Conforme hablaba, comencé a sentir un bienestar que fue bajando de la cabeza a los hombros, se prolongó por todo el cuerpo, hasta los pies, como si un agua templada cayera sobre mí. Mis músculos se fueron relajando y la mente se fue quedando en blanco. Perdí la fuerza en los brazos y en las piernas. Si Ariché no me hubiera estado sujetando la cabeza, el cuello se me habría doblado hacia delante. Ella me hablaba. No puedo recordar qué me decía. Jamás había sentido una paz como aquella. Ignoro el tiempo que estuve así.

Únicamente sé que me sentía feliz. De pronto encontré una imagen tuya que se instaló en mi mente. Te veía vestido con ropa de deporte, tirando a canasta en una pista de baloncesto. Podía ver incluso el número de tu camiseta, el nueve. Yo tenía seis o siete años, no sé. De vez en cuando te volvías hacia mí y me decías algo, me invitabas a jugar, creo, pero yo no quería porque tenía sed. Mamá estaba a mi lado y te decía algo. Tú bromeabas con ella. Yo quería ir a bañarme a la piscina. Pero allí no había ninguna piscina... La visión era tan real que parecía que estuviera ocurriendo de verdad. La voz de Ariché sonaba como si fuera tu voz. Creo que me quedé dormido.

—¿Estás bien? —me preguntó Ariché con tu voz, o a mí me pareció que era tu voz.

—Sí, muy bien.

Después volví a oír su voz y me sentí decepcionado. Quería seguir oyéndote y viéndote. Pero Ariché había apartado las manos de mi cabeza. Se puso delante de mí y la vi como si fuera un espejismo.

—¿Qué me pasa? —le pregunté—. No tengo fuerzas.

—No es nada malo. No te asustes.

—No estoy asustado.

—Tienes un bloqueo emocional, Enrique. Eso es lo que te pasa.

—¿Cómo puedes saberlo? ¿Tienes poderes o algo así?

Ariché se rio y me revolvió el pelo con las manos.

—Me lo contó Héctor esta mañana. Esos son mis poderes.

—¿Y qué te contó?

—Que tienes problemas desde que murió tu padre.

—Hace cinco años que me lo dice todo el mundo, pero hasta ahora nadie me ha dado una solución que no sean discursitos y cosas así.

—Yo no te voy a dar ningún discursito.

Poco a poco mis piernas y mis brazos recuperaron la fuerza y únicamente sentía calor en la palma de la mano.

—Dime una cosa —le dije—. ¿Por qué tienes las manos tan calientes?

Ella se rio de nuevo. Tenía una risa muy bonita. Se sentó frente a mí.

—Mi abuela era sanadora.

—¿Quieres decir curandera?

—Algo así. Yo no puedo hacer lo que hacía ella, pero he aprendido a canalizar la energía en mis manos.

—¿Y puedes leer la mente de las personas?

—No, eso no puedo.

Me sentí decepcionado. Hubiera preferido que Ariché pudiera leerme la mente y ayudarme a rellenar los vacíos. Cuando me quité la cataplasma, la herida había cambiado de color; me pareció milagroso.

—No sé si esto será suficiente para jugar al futbolín —me avisó Ariché.

—No importa. Si no puedo jugar, haré de árbitro.

Mi chiste, al parecer, le hizo gracia.

Cuando Jorge y yo bajamos al pueblo, ya había empezado a anochecer. Te contaré antes —me da un poco de apuro por si ella lo lee alguna vez— que me había pasado la tarde del viernes observando con el rabillo del ojo a Teisa. No paraba de moverse. Entraba y salía continuamente de casa. De vez en cuando atrapaba el móvil, tecleaba algo y lo dejaba sobre la mesa. Estuvo un rato con Héctor sentada en el sofá, contándole anécdotas del instituto, de sus amigas..., en fin, esas cosas. Por un momento sentí un enorme deseo de sentarme con ellos e intervenir en la conversación. Pero los dos me ignoraban. Eso me pasa muy a menudo: tengo ganas de hacer algo o de participar en cualquier cosa, y en vez de tomar la iniciativa, siempre me quedo parado, esperando a que alguien me invite. Y si no lo hace, me siento marginado, rechazado. Sí, ya sé que es una estupidez, que así no se puede ir por la vida, pero no lo puedo evitar.

Al despedirme, me atreví a decirle a Teisa:

—¿No sales esta noche?

—Claro. No me perdería por nada en el mundo esas partidas de futbolín. Va a ser algo grandioso.

No sabía si se estaba burlando de mí o era simplemente una ocurrencia. Con ella era difícil saber si iba en serio o en broma. Me marché con la duda.

El pueblo estaba a poco más de un kilómetro de la casa. El camino estaba oscuro como la boca de un lobo. Bueno, yo nunca he visto un lobo ni sé cómo tiene la boca, pero quiero decir que no se veía nada. Jorge iba emocionado. Yo caminaba un paso más atrás, con cuidado de no tropezar.

—Ya podían poner alguna farola —le dije a Jorge.

—¿Para qué?

—¿Cómo que para qué? Para no partirnos la crisma.

—Entonces no tendría ninguna emoción.

¿Emoción? No sé yo qué emoción podía tener caminar tropezando cada dos pasos. En ese momento creo que Jorge se dio cuenta de que me costaba trabajo seguirlo y se detuvo.

—Pues yo estoy acostumbrado a caminar por calles con aceras y farolas —le dije—, y te aseguro que es más emocionante que esto.

Debí de decirlo con brusquedad, porque Jorge permaneció callado unos segundos, y cuando habló su voz sonó muy débil.

—Lo siento.

—Tú no tienes ninguna culpa.

Jorge era un chico noble. Un poco infantil para su edad, en mi opinión. Bueno, eso fue lo que pensé hasta que me di cuenta de que lo que le ocurría era que se sentía emocionado por salir con alguien mayor que él. En su pueblo, o mejor dicho, en su instituto, la edad era una barrera casi sagrada, más que las clases sociales y esas historias de los pobres y los ricos. Los chicos de doce años rara vez se mezclaban con los de trece. Y los de trece eran unos apestados para los de catorce. ¡Y yo tenía quince! Entiendo que estuviera flipando por haber aceptado su invitación.

Los futbolines estaban en un local grande y bastante pasado de moda al que todo el mundo llamaba «los billares». Por lo visto, muchos años antes allí hubo un salón de billar que con el tiempo dejó paso a todo tipo de máquinas de juegos recreativos. Y, como reliquia, en el fondo del salón había tres futbolines del año de la polca, como suele decir Víctor de los teléfonos móviles que tienen más de seis meses.

Allí cada uno tenía su espacio propio. Los de doce años estaban en una parte, los de trece en otra. De catorce y quince apenas había gente. Por lo visto, los futbolines eran principalmente para los de trece, es decir, para Jorge y sus colegas. Si, por ejemplo, había unos jugando al futbolín y llegaban otros mayores a media partida y se ponían a mirar, eso significaba que aquella era la última partida de los pequeños. Eso lo aprendí al cabo de una hora de observación. Nadie se mosqueaba, nadie retaba a nadie. Eran leyes no escritas que todos seguían al dedillo, sin malos rollos. Parecía como si unos dijeran a los otros: «Yo fui un crío antes que tú y ya tuve que pasar por esto, ahora te toca a ti pasarlo».

Jorge me presentó a sus tres amigos por los apellidos: Pinilla, Soto y Ferrán. Los tres se parecían mucho a Jorge incluso en la forma de vestir. Estaban emocionados.

—¿Aquí no hay chicas? —fue lo primero que pregunté al entrar en los billares.

Los cuatro se miraron como si necesitaran ponerse de acuerdo en quién debía responder.

—Aquí no vienen muchas —me dijo Pinilla—. Pero en el pueblo hay chicas.

Me reí a carcajadas con su respuesta. Ni Pinilla ni los otros tres se lo tomaron a mal. No podía evitar que me saliera la vena borde. Me pasa constantemente. Trato de no abrir el pico, pero siempre fracaso. Y lo peor de todo es que las cosas que digo no suelen caerle muy bien a la gente. En realidad no sé si son las cosas que digo o si soy yo mismo el que no cae bien a la gente.

Sin embargo, esa noche tenía un público incondicional.

—Luego nos vemos con ellas por ahí —me explicó Jorge—. Es que nosotros salimos antes para echarnos unos futbolines.

Traté de portarme lo mejor posible. Te prometo que me esforcé. Eran buenos chicos, pero estaban todavía sin salir del todo del cascarón. Mis compañeros de clase, que son de su misma edad, estaban más espabilados que ellos. Esa era la sensación que me dio al principio, aunque luego resultó que no había tanta diferencia.

Me invitaron a jugar; yo me excusé en la herida de mi mano, a pesar de que había mejorado bastante. Me preguntaba si Teisa se pasaría por allí para comprobar cómo me lo estaba pasando con la pandilla de su hermano, tal y como había dicho. No podía dejar de mirar a la puerta con insistencia. Pero no apareció. Me dio rabia haber confiado en una frase tan poco fiable como aquella, que dijo como de pasada, seguramente para quedar bien, o para demostrarme que ella estaba en «otra onda».

Después de los futbolines estuvimos dando vueltas por el pueblo. Eso fue lo peor. Imagino que para alguien que quiere retirarse del mundo aquel es el sitio ideal. Pero el pueblo, además de tres bares, los billares, el Centro Social y el polideportivo, no tenía nada que mereciera la pena. Y, sin embargo, Jorge y sus amigos me lo enseñaron todo con orgullo, como si fuera el lugar más fantástico del mundo.

—¿Cómo es Madrid? —me preguntó Soto.

—Muy grande.

Aparentemente, ninguno notó lo borde que estaba

siendo, y empecé a pensar que quizá eso era precisamente lo que me estaba pasando en los últimos tiempos: cuanto más borde trataba de ser, más me tropezaba con la indiferencia de los demás y con el vacío. Muchas veces, cuando me acercaba a un grupo en el instituto, se hacía el silencio. Tal vez interpretaban mi comportamiento, mis frases fuera de lugar, como simpleza mental. Fue algo que me pasó fugazmente por la cabeza en ese momento, y ahora pienso que no iba muy desencaminado.

Nos sentamos en el respaldo de uno de los bancos de la plaza del pueblo, con los pies en el asiento. Hacía un frío terrible, pero ninguno de ellos se quejaba. En los bancos cercanos había otros grupos de chicos. A algunos los había visto poco antes en los billares.

—¿Y qué hacéis allí los fines de semana? —me preguntó Soto.

—Lo que todo el mundo —se me ocurrió tomarles el pelo—: ponernos ciegos de privar, fumar porros y meter mano a las chicas.

Trataron de disimular, pero me di cuenta de que me miraban con asombro por mi amplia experiencia en la vida nocturna.

—¿Y dónde los conseguís? —me preguntó Ferrán.

—¿El qué?, ¿las chicas?

—No, los porros.

—Tenemos los camellos en la puerta del instituto.

—¿De verdad?

—Por supuesto. ¿Aquí no tenéis camellos?

Se miraron de nuevo, como si necesitaran ponerse de acuerdo en la respuesta.

—Bueno, en el instituto hay alguno que pasa costo, pero no es de fiar.

—¿Por qué?

—Porque dicen que le mete manzanilla para sacar más pasta.

—¿Y pasan pastillas? —pregunté muy serio.

—Creo que anfetas y cosas así, pero eso es muy chungo. ¿Tú las pruebas?

—Claro, todos los fines de semana —seguí la broma.

Volvieron a mirarme. Te confieso que estaba disfrutando con aquel jueguecito. Ahora, sin embargo, al recordarlo me doy vergüenza de lo estúpido que he podido llegar a ser algunas veces, como aquella.

—¿Y sales con alguna chica? —me preguntó Jorge.

Lo miré de arriba abajo y aparté la cabeza como si la pregunta me resultara ofensiva.

—Por supuesto.

—¿Cómo se llama? —me preguntó Ferrán.

—Eso no te importa —le cortó tajante Pinilla—. Es su vida...

—Carolina —le dije—. Se llama Carolina. Llevo con ella la tira de tiempo.

Pensé en la risa floja que le habría dado a Carolina si me hubiera oído decir aquello. Por suerte ella estaba a muchos kilómetros de distancia y nunca se iba a enterar.

—Tiene un nombre guapo —comentó Ferrán.

—Está mal que lo diga yo —continué diciendo—, pero es muy guapa.

—¿Y dices que lleváis mucho tiempo saliendo?

—Sí, dos meses —respondí.

121

—¿Eso te parece mucho?

—Me parece un huevo de tiempo. Lo más que había llegado a durar con una chica eran tres semanas.

—Entonces has salido con muchas, ¿no?

Decidí no responder, porque me pareció que así habría más misterio. Y precisamente eso es lo que ocurrió. Al final tuve que cortar tanta preguntita.

—A ver, decidme, ¿en este pueblo no hay nada más emocionante para pasar un viernes por la noche?

De nuevo se miraron antes de responder. En este caso fue Jorge el portavoz de la respuesta.

—Sí, detrás del instituto hacen botellón.

—¿Y vosotros no vais?

—No —dijo Ferrán—. Allí va gente mayor que se cree muy guay.

—Hay mucho *pringao* suelto —dijo Pinilla.

—Pero si quieres nos damos una vuelta —siguió diciendo Ferrán.

Iba a decirles que no, que mejor lo dejábamos, cuando los cuatro se pusieron en pie al mismo tiempo y saltaron del banco, con una coordinación que parecía ensayada. Supuse que no querían decepcionarme.

—¿Quieres que vayamos? —preguntó Pinilla.

Aquel botellón era bastante cutre. Detrás del instituto había una gran explanada y allí se reunía un centenar de personas a beber y oír seis o siete músicas que se mezclaban porque estaban demasiado cerca unos de otros. Había algunos coches y bastantes motos.

—¿Qué pasa, que está todo el pueblo aquí o qué? —pregunté sorprendido.

—No. La mayoría de los que ves son de fuera. Aquí

122

viene gente de los pueblos de alrededor, porque son más pequeños.

—¿Más pequeños que este?

—Mucho más. Algunos no tienen ni bar.

La gente estaba muy animada con la música, pero el ambiente no era agradable; hacía demasiado frío. Jorge reconoció a un grupo de chicos a los que conocía.

—Si quieres nos acercamos y «te tomas» algo —me dijo señalando al grupo—. Algunos de esos son amigos de Teisa.

—«Nos tomamos» —lo corregí.

—Bueno, «nos tomamos».

—Espera. Primero quiero echar un vistazo.

Di una vuelta por la explanada para ver qué fauna se movía por allí. Nada del otro mundo. Las mismas tribus en todas partes: algunos falsos *canis,* con sus gorras y sus zapatillas de marca; un grupo de góticos pasados de moda, la mayoría chicas; bastantes pijos; unos cuantos *grunge* que escuchaban a Nirvana en el maletero de un coche tuneado. En fin, había un poco de todo, incluso gente sin identificar, que eran los que más daban el cante, como Jorge y sus amigos.

Te confesaré que mientras paseaba por aquel lugar tenía la esperanza de ver a Teisa con sus amigos. O, mejor dicho, me habría gustado que ella me viera y se acercara para preguntarme cómo me había ido en los billares. Ya tenía preparada la respuesta si eso ocurría: «Bueno, no son malos chicos, pero aún están verdes en casi todo». O quizá le habría dicho: «Uf, pensé que nunca saldríamos de aquel lugar». Pero no vi a Teisa por ninguna parte. Así que volví junto a los chicos y traté de preguntar de la manera más sutil posible.

—Vaya, me había parecido haber visto a tu hermana —le dije a Jorge—, pero está demasiado oscuro y la perdí.

—¿Mi hermana? —dijo Jorge más que sorprendido.

—¿Teisa? —preguntó Pinilla.

—Sí, un poco más allá de aquellos góticos.

—Imposible —dijo Jorge.

—Ella no pone el pie aquí —dijo Pinilla.

—No me digas. ¿Por qué? ¿No le va el botellón?

Jorge se encogió de hombros y finalmente dijo:

—Mi hermana es muy rara.

—¿Rara en qué sentido?

—Es una máquina en los estudios.

—Vaya, eso sí que no me lo imaginaba.

—Es una fiera —insistió Ferrán.

—Bueno, no tanto —dijo Jorge.

—No, no poco... Saca notazas.

Aquello me dejó más helado de lo que ya estaba. ¿Por qué había pensado yo que Teisa era lo que no parecía ser? En realidad no tenía datos para juzgarla de ninguna manera.

—¿Queréis decir que es un muermo? Vamos, la típica empollona.

Jorge salió en su defensa:

—Pues no. Le gusta salir, le gusta bailar, su novio toca la guitarra eléctrica, tiene quinientos seguidores en Instagram y además toca el acordeón.

—Pero lo toca muy mal —puntualizó Soto.

Tardé un rato en responder.

124

—Eso del acordeón me ha descolocado —dije para despistar.

—Mi madre también lo tocaba cuando era niña —me aclaró Jorge.

Empecé a mirar a todas partes y a preguntarme qué diablos estábamos haciendo allí. Después eché a andar hacia la carretera y los cuatro me siguieron. Cuando llegué a la primera farola, me detuve y me di la vuelta. Allí estaban mirándome sin entender lo que me estaba pasando. Me pareció que Jorge estaba a punto de echarse a llorar. Sus rostros eran una interrogación del tamaño de la farola.

—¿Por qué ponéis esas caras?

Entonces se miraron entre ellos, como hacían siempre antes de responder a una de mis preguntas. Una vez más Jorge hizo de portavoz.

—¿Qué te pasa?

—A mí no me pasa nada.

—¿No querías marcha? Ahí tienes marcha —me dijo señalando a las tribus.

Cerré los ojos y dejé caer el peso de mis hombros en un gesto de derrota.

—Os he tomado el pelo —les dije en voz baja—. Sí, no me miréis así, os he tomado el pelo.

—No te entiendo —dijo Jorge.

—¿De verdad tengo cara de beber y fumar porros? —Jorge se encogió de hombros y los cuatro se miraron de nuevo—. ¿De verdad os parece que me pongo ciego los fines de semana?

—Sí —dijo tímidamente Ferrán.

—Tú lo has dicho antes, ¿no? —dijo Soto.

—¿Es que no es verdad? —preguntó Jorge.

—Por supuesto que no.

Me pareció interpretar cierto alivio en la cara de los cuatro. Y después sus gestos fueron de confusión.

—¿Y entonces por qué dijiste...?

—Olvidaos de lo que dije. Estaba de broma. Mirad, chavales, yo soy deportista. Me paso la semana entre el instituto y el gimnasio. Entreno dos horas diarias, y muchos sábados compito. No voy a deciros que no haya ido nunca a un botellón, pero no quiero el alcohol a menos de diez metros de mí. Paso de esa porquería.

—¿Juegas al fútbol? —preguntó Pinilla.

—Hago yudo.

De nuevo se miraron. Comencé a pensar que se pasaban los días ensayando aquellos movimientos coordinados.

—¡Qué pasote! —exclamó Ferrán.

—Pues sí, es un pasote. El yudo es mi vida. ¿Lo entendéis?

Asintieron los cuatro al mismo tiempo.

Pasamos el resto del tiempo en la plaza del pueblo. Hacía tanto frío que tuve que empezar a dar saltitos para no congelarme. Ellos, sin embargo, no parecían sentirlo. ¿Cómo era posible?

—Enséñanos algo —me dijo Ferrán.

—¿Algo de qué?

—No sé, alguna llave de yudo.

Se miraban expectantes, con la boca medio abierta.

—Aquí no se puede, podríamos lesionarnos. Necesitamos un tatami.

—¿Eso qué es?

126

—Una superficie bastante más blanda que estas losetas.

Jorge me señaló el césped.

—Ahí tienes un tatami —me dijo.

Me quedé pensativo.

—De acuerdo —cedí finalmente, y los cuatro empezaron a gritar mi nombre como si estuviera llegando al *sprint* final ante una meta imaginaria.

Estuvimos un buen rato rodando por el césped. La verdad es que pusieron mucho interés. En ese momento me di cuenta de lo difícil que es enseñar a los demás lo que uno sabe. Pero me gustó la experiencia. Aprendieron rápido. Fue una manera estupenda de entrar en calor. Al cabo de un rato ya me había olvidado del frío. No sé cuánto tiempo llevábamos así, cuando de pronto vi un coche que circulaba alrededor de la plaza. Llevaba las luces del techo apagadas, pero enseguida advertí que era de la policía local. Me quedé quieto, como si me hubieran pillado haciendo una fechoría. Ellos percibieron enseguida que algo estaba pasando.

—¿Te has cansado ya? —preguntó Jorge.

—Hay un coche de policía —les dije sin mirar.

—¿Y...?

—Los polis nos están mirando.

—¿Y...?

—No sé, no me gusta. Mejor nos vamos.

Ferrán me puso la mano en el hombro y me dijo:

—No pasa nada.

Y enseguida echó a correr hacia el coche. Contuve la respiración. Ferrán se agachó junto a la ventanilla y se puso a hablar con uno de los policías. Después volvió con el rostro serio.

—Me tengo que ir —nos dijo.

—¿Te llevan detenido?

Ferrán me miró como a un bicho raro.

—No, el poli es mi padre. Dice que ya es tarde. Nos vemos mañana.

Debí de poner cara de imbécil, porque todos me miraron entre divertidos y preocupados.

—Vaya, tienes un padre policía.

—Sí.

—El mío era policía también —le dije con orgullo.

—Pues espero que sea más blando que el mío y te deje llegar más tarde a casa.

—Murió hace años —dijo Jorge en mi lugar.

Se hizo un silencio tenso e incómodo.

—Sí, ya hace mucho —dije para rebajar la tensión.

Jorge y yo regresamos a casa sin prisa, a pesar del frío. Me seguía costando trabajo caminar. Él, por el contrario, se movía igual que un gato en la oscuridad. Gastábamos bromas como si nos conociéramos de toda la vida.

Era tarde y estaba cansado. Pero de repente reviví. Al llegar a la plaza vi luz en la cocina y la moto de Teisa aparcada en la puerta.

—Vaya —dijo Jorge—. Me la voy a cargar.

—¿Por qué?

—Porque se supone que tendría que llegar antes que mi hermana.

—Tranquilo. Diré que ha sido culpa mía.

—Pero no es verdad.

En vez de irme a la casita en que dormíamos Héctor y yo, entré con Jorge en su casa. Me inventé una excusa: que tenía hambre y quería hacer una visita al frigorífico.

Teisa estaba en la cocina, comiendo un trozo de pastel.

—Vaya, pero si son los chicos marchosos —dijo cuando nos vio aparecer—. ¿Tú no deberías haber venido hace más de una hora? —preguntó mirando a su hermano.

—Fue culpa mía —dije.

—¿Eres un corruptor de menores?

Estaba tan seria que no capté la ironía. Jorge se dio media vuelta y dijo que se iba a dormir. Seguramente pensó que lo mejor era quitarse cuanto antes de la circulación, por lo que pudiera pasar si sus padres se despertaban.

—Sí, anda, corre a esconderte en tu cuarto antes de que papá te vea.

Cuando su hermano desapareció escaleras arriba, Teisa sonrió por primera vez.

—Es broma, no me mires así. Con los hermanos pequeños hay que ser dura para que te tomen en serio. ¿Quieres? —me preguntó señalando el pastel.

Me senté a su lado y corté un trozo. Teisa no dejaba de mirarme.

—¿Qué pasa? —le pregunté mosqueado.

—¿No vas a contarme cómo te ha ido con esos mocosos?

—Ah, sí, muy bien. Son majos los cuatro.

—Eso ya lo sé. A veces, demasiado majos.

—Estuvimos en los futbolines.

—Entrenando para el dichoso campeonato, ¿no?

—Sí.

—Llevan así desde el verano. Qué pesados son...

—Pensé que decías en serio que pasarías por los billares.

—Claro. Yo no bromeo con esas cosas tan serias y profundas. Me pasé, pero no estabais allí.

—¿De verdad?

—¿Tengo cara de estar mintiendo?

—No, claro que no. Nos fuimos un rato al instituto.

—¿Al botellón?

—Sí.

—No te creo. A Jorge no le va para nada ese rollo.

Todo iba demasiado deprisa. Intenté echar el freno. No quería decir algo de lo que luego pudiera arrepentirme. No, no quería. Pero de pronto dije:

—Fue idea mía.

—No me digas...

—Sí, pensé que estarías allí.

—¿Yo? Me conoces muy bien, por lo que veo.

—No te conozco nada. Por eso lo pensé.

—¿Ibas a invitarme a calimocho o qué?

—No bebo.

—Genial —me dijo en un tono que me pareció irónico—. ¿Eres abstemio o estás en una terapia de esas para dejarlo?

—No soy nada. Simplemente, no bebo.

—¿Nunca?

Me quedé en silencio. Estaba empezando a agobiarme.

—Perdona por el interrogatorio —me dijo Teisa al

cabo de un rato—. Mi madre dice que soy una metomentodo.

—A mí no me lo pareces.

—Menos mal. —Teisa cortó otro trozo de tarta, lo
partió en dos y me dio la mitad—. Veo que te gusta
lo dulce.

—Sí, mucho. El chocolate lo que más.

—Vaya... No somos tan distintos —guardó silencio
durante unos segundos y continuó—: No, no fui al
botellón. Alguna vez he ido, no vayas a creer. Eso no
se lo cuentes a mi hermano. Pero esta noche estuve
con los amigos en un ensayo.

—¿Un ensayo?

—Sí, tienen un grupo de música y mañana actúan
en el Club Social.

—¿Es el grupo en el que toca tu chico?

—¿Qué chico?

—¿No tienes chico?

—Lo dices como si fuera lo mismo que tener un
gato.

—Bueno, es parecido. Tu hermano me contó que
salías con alguien.

Teisa se puso colorada. Era la primera vez que le
veía un punto débil. Dirigió la mirada hacia el plato.

—No salgo con nadie. Es solo un amigo... especial.

—Ya. Eso es lo que yo entiendo por salir con alguien.

—No te equivoques —me dijo muy apurada—. No
estoy para novios ni para tonterías. Es solo un amigo.

Noté que se había puesto nerviosa. Incluso creí
percibir cierto temblor en su voz.

—A mí no tienes que darme explicaciones —le dije.

—No te las estoy dando.

—Pues lo parece.

—No me enredes...

—No te estoy enredando, eres tú la que se está poniendo nerviosa.

—¿Nerviosa yo...?

Nos quedamos en silencio. Le quité el trozo de tarta de la mano y me lo eché a la boca. Ella fingió que se enfadaba. Luego sonrió.

—¿Quieres venir con nosotros al concierto de mañana?

Me hubiera gustado que dijera «venir conmigo», pero aquel «con nosotros» me sonó a gloria, a pesar de todo. Me quedé pensando un rato. No quería parecer ansioso en responderle.

—Bueno, sí. Quizá sea interesante —le dije finalmente.

—Eso depende de lo que tú entiendas por interesante.

Capítulo nueve

Me despertaron las voces de unos niños que corrían por la plaza que había delante de las casas. Había dormido profundamente, aunque me costó trabajo conciliar el sueño. Me asomé a la ventana y vi dos coches aparcados delante de una de las casas rurales. Martín hablaba con una pareja. Por el aspecto de aventureros con ropa de marca, supuse que se trataba de huéspedes que venían a pasar el fin de semana.

Como imaginé, Héctor no estaba ya en su cuarto. Seguramente llevaba ya dos o tres horas levantado. Era posible que se hubiera hartado de hacer abdominales y flexiones. Me duché apresuradamente y fui a la casa principal. Lo encontré en el salón, delante de la chimenea, con un ordenador portátil sobre las piernas. Estaba irreconocible. Con aquella gorra de campo que le había dejado Martín, pantalones de pana y botas de goma, no parecía un policía, si es que los policías se reconocen a primera vista, cosa que dudo desde entonces.

Estaba tan ensimismado en la pantalla del ordenador que no se percató de mi presencia. Cuando le di los buenos días, se sobresaltó.

—¿Todo va bien? —le pregunté y él me sonrió.

—Sí, todo bien. Estoy escribiéndole a tu madre. Quiero que hables con ella esta tarde.

—¿Por teléfono?

—No, usando el tantán —me dijo muy serio y enseguida volvió a sonreír—. Por supuesto, por teléfono.

—Pero me dijiste que no deberíamos...

—Sí, eso es lo que te dije. Pero no tengo la conciencia tranquila. No sé si estoy haciendo lo correcto contigo.

—¿Qué quieres decir?

—Que no es justo que por mi culpa estés separado de tu madre tanto tiempo, o viceversa.

—Mi madre está tranquila. Ayer estuvimos escribiéndonos, ya lo sabes.

—Sí, pero he pensado algo para que hables con ella.

Héctor me explicó que habían concertado una hora para que ella llamara a casa de Martín. Debía hacerlo desde un teléfono público, para no dejar rastro de la llamada.

—Puede que todo esto te parezca exagerado, pero conozco bien a Rocky Balboa y sé que removerá cielo y tierra para encontrarme. Y no parará hasta que lo consiga.

—Eso no va a ocurrir.

—Por supuesto que no.

Ariché salió de la cocina secándose las manos en el delantal. Me dio los buenos días y me preguntó por la herida de la mano. Se la mostré. Estaba totalmente cicatrizada.

—Me alegro —me dijo.

—Sin embargo, me vendría bien que me pusieras un rato las manos aquí —le dije señalando la cabeza.

Ella entornó los ojos y me dijo riendo:

—Claro que sí, en cuanto hayas desayunado.

Estaba ansioso por preguntar por Teisa, pero no me atrevía.

Desayuné en la cocina con Jorge, que acababa también de levantarse. Me guiñó un ojo y me dio a entender por gestos que nadie se había enterado de que la noche anterior había llegado a casa después de su hermana. Héctor nos acompañó con una taza de café. Llevaba levantado desde antes el amanecer, según nos contó, y había salido a correr por el monte. Jorge quería saber algunas cosas sobre la historia que lo había traído hasta allí, pero Héctor fue muy precavido. No contó nada. Más bien jugó al despiste.

Habíamos terminado de desayunar y Teisa seguía sin aparecer.

—Se le pegaron las sábanas a tu hermana, por lo que veo —le dije a Jorge tratando de no darle importancia al comentario.

—Me extrañaría.

—Teisa está estudiando en su habitación desde hace dos horas —me explicó su madre—. El lunes tiene un examen de Matemáticas.

Debí de hacer una mueca extraña, porque ella sonrió y dijo:

—Me contó que esta noche bajarás con ella al pueblo.

Jorge me miró sorprendido, con los ojos muy abiertos.

—¿No vendrás con nosotros? —me preguntó decepcionado—. ¿No lo pasaste bien anoche?

—Te juro que hacía tiempo que no lo pasaba tan bien. Pero Teisa me invitó al concierto ese y me pareció una falta de educación decirle que no.

—Yo hablaré con ella y lo arreglaré —me dijo Jorge poniéndose de pie.

Lo agarré por el brazo y lo obligué a sentarse.

—No, por favor. No quiero que piense...

—No te preocupes, nosotros también vamos a ir al dichoso concierto. No te lo vas a perder, tranquilo.

—Déjalo, Jorge —intervino su madre—. Puede ser que le apetezca ir a ese concierto con tu hermana.

No dije nada, pero mi rostro me delató, seguro.

Martín y Héctor salieron aquella mañana al campo. Se marcharon en el tractor. Viéndolos allí subidos, nadie habría dicho que aquellos dos hombres se habían conocido en una academia de policía. Supuse que tenían muchas cosas que contarse después de tres años sin verse.

Teisa apareció pasado el mediodía. Entró en la cocina, donde su madre y yo hablábamos sobre la vida en el pueblo y la diferencia con la vida que yo llevaba en Coslada. Teisa saludó y apenas me dedicó una mirada fugaz.

—Veo que estamos todos muy desocupados esta mañana —dijo cuando nos vio sentados y tan relajados—. Qué suerte tienen algunos.

Cogió una manzana del frigorífico, la mordió y salió sin decir nada más.

Me sentí decepcionado. ¿Por qué me había hecho ilusiones de que se alegraría al verme? ¿Por qué esperaba que me saludara con una sonrisa de oreja a oreja y me preguntara «¿cómo has dormido, Enrique?». En fin, ya se sabe que las cosas casi nunca pasan como uno las imagina, o como le gustaría que ocurrieran.

La situación no fue muy distinta durante la comida. Teisa hablaba con todos, también conmigo, pero por alguna razón que no sabría explicar yo tenía la sensación de que me estaba ignorando. Cuando terminó, recogió la mesa con la ayuda de su hermano y dijo que se subía a estudiar. Esa fue la segunda decepción del día. Me dejé caer en un sillón y estuve no sé cuánto tiempo con la mirada perdida en el fuego de la chimenea.

—¿Estás bien? —me preguntó Ariché.

—Más o menos.

—Seguro que tienes algún títere en la cabeza que no te deja tranquilo.

—Puede ser.

—Dentro de un rato podrás hablar con tu madre y te encontrarás mejor.

—No estoy seguro, la verdad.

Ariché tomó mi mano y me obligó a levantarme tirando de mí hasta la cocina. Cerró la puerta. Martín y Héctor se quedaron hablando en el salón.

—¿Vas a contarme qué te pasa? —me preguntó cuando estuvimos a solas.

—No me pasa nada. Es que no entiendo por qué Teisa se comporta así conmigo. Anoche fue muy simpática.

A Ariché se le escapó la risa. Me quedé desconcertado.

—Lo siento. No pienses que me estoy burlando. Es que Teisa es así.

—¿Así? ¿Cómo?

—Cuando está centrada en sus estudios, es como si el resto del mundo no existiera. Es muy perfeccionista.

—Ya me ha contado Jorge que es una máquina.

—¿Una máquina de qué...? ¿De café? —me preguntó sonriendo.

—Quiero decir que es una fiera, que estudia mucho.

—Te he entendido. Sí, Teisa es una luchadora.

—¿Y qué piensa estudiar?

—Le gustaría entrar en Medicina, pero necesita una nota muy alta.

—Vaya, eso es algo serio. Para ser médico hay que estudiar mucho.

—No solo para ser médico.

—Ya, quería decir que...

—¿Y tú cómo vas con los estudios?

Me puse colorado.

—Bien.

—¿Te gustaría ir a la universidad?

—Sí. Me gustaría ser periodista.

Abrió mucho los ojos y sonrió.

—Es estupendo que tengas las ideas tan claras.

Me sentí fatal. Las mentiras encadenadas habían dejado de producirme placer. Es más, ya no sabía si mentía o decía la verdad. Temí que Ariché fuera capaz de leerme el pensamiento. Se puso detrás de mí y me colocó las manos sobre la cabeza. Me agarró con fuerza, como si sus dedos fueran tentáculos. Al poco aflojó la presión y enseguida sentí el calor que se extendía por el cráneo y me bajaba hasta los hombros. Después empecé a perder la fuerza en los brazos. Ella me hablaba pero su voz sonaba cada vez más lejos.

No estaba dormido, tampoco despierto. Era una especie de vigilia placentera. Vi a un hombre vestido con uniforme de policía en el salón de la casa en la que vivíamos antes en Madrid. Eras tú. No podía ser otro. Te parecías mucho a mí, pero en mayor. Me hablabas y yo te respondía. No sé lo que decíamos. En mi sueño no había sonido. Solo olores. Era una especie de colonia seca, con aroma como a madera. ¿Ese era tu olor?

No sé cuánto tiempo duró aquel sueño, o aquella visión, pero cuando abrí los ojos tuve la impresión de que había sido muy breve.

—¿Quieres hablar con tu madre? —me preguntó Ariché.

Miré el reloj y era ya media tarde. ¿Había estado dormido tanto tiempo? Sentí que regresaba de muy lejos.

Hablé con mamá más de media hora. La abuela estaba con ella. Habían ido a un teléfono público como había dicho Héctor. Ahora sé que las precauciones que estaban tomando eran excesivas, pero no querían confiarse ni cometer ningún error. Y lo entiendo. Héctor se sentía responsable de mí.

Mamá me contó que todo estaba tranquilo. Pensaba quedarse en casa de la abuela hasta que yo regresara. Aparentaba no estar preocupada, pero conociéndola como la conozco supongo que no era así. Le reproché que no me hubiera contado la verdad sobre Héctor.

—Pensamos que así sería mejor —me dijo—. Lo lamento mucho.

También hablé con la abuela. A ella sí la encontré preocupada, o quizá es que lo disimuló menos que mamá. No hacía más que repetir que tuviera cuidado, que obedeciera en todo a Héctor, que comiera, que durmiera, en fin, todas esas cosas que siempre dice la abuela. Supongo que tú también las habrás oído mil veces, ¿no?

El resto de la tarde se me hizo interminable, hasta que por fin apareció Teisa vestida con unos pantalones vaqueros y un jersey de colores muy llamativos.

—¿Preparado? —me preguntó.

—¿Para qué?

—Para bajar al pueblo.

Le dije que sí y entró en la cocina. Fui detrás de ella.

—¿Qué tal vas con el examen de Matemáticas?

—Regular —me respondió mientras se preparaba un bocadillo—. ¿Tienes hambre? —Le dije que sí y cortó un trozo de pan para mí—. ¿A ti qué tal se te dan las Matemáticas?

Temía que antes o después me hablara del asunto de los estudios. Encima, la culpa había sido mía por haber preguntado primero.

—No muy bien. A mí me van más las letras.

—Me miró y sonrió.

—¿De verdad?

—Sí, me va más la Lengua y esas cosas.

—No te creo.

—Te estoy diciendo la verdad.

Creo que sí, que era cierto lo que decía. Cuánto trabajo me costaba ya distinguir mis propias mentiras.

—No lo hubiera imaginado —dijo Teisa después de mirarme muy seria.

—¿Por qué?

—Porque tienes más pinta de científico chiflado.

Me dio tanta risa que me atraganté. Ella también se rio con ganas.

—¿Estudiarás Latín y Griego y esas cosas?

—Por supuesto.

Y aunque sonó a mentira, ahora está empezando a convertirse en una verdad, conforme te lo voy contando.

—No sé cómo te puede gustar eso.

—Ni yo tampoco entiendo cómo quieres estudiar Medicina.

Al oírlo, dejó de sonreír.

—Veo que en esta casa se sabe todo.

—Me lo contó tu madre.

—Ya, ya... No hace falta que me lo digas.

Bajamos al pueblo en la moto de Teisa. Jorge se quedó muy decepcionado al verme marchar con ella, y eso me hizo sentirme mal. Se lo dije a su hermana.

—No le hagas caso, en cuanto se ponga delante del futbolín se le olvidará.

Entramos en un bar donde había poca gente de nuestra edad. Se llamaba Bar Gervasio, o Bar Nemesio, o algo por el estilo. La mayoría eran hombres mayores, enfrascados en sus partidas de dominó y de cartas. Nunca había estado en un sitio como aquel. Las paredes estaban recargadas de carteles que tenían más de diez años, por lo menos algunos. Era espacioso pero todo resultaba muy antiguo: el mobiliario, el televisor, las fotografías, incluso las tazas y los vasos. Era como si hubiera retrocedido muchos años, como si hubiera entrado de repente en una película de aquellas que veía la abuela los sábados por la tarde y que tanto le recordaban a su juventud.

—El sitio no es nada del otro mundo —me dijo Teisa cuando vio la cara que ponía yo—. Pero no hay mucho donde elegir.

—No está mal. Es diferente.

—Por la noche parece otra cosa, ya lo verás.

Al fondo del bar, en una sala muy grande con pinta de discoteca del siglo pasado había un grupo de chicos y chicas. Era la pandilla de Teisa. No te los puedo nombrar a todos porque eran demasiados, más de diez. Y, además, se fueron añadiendo otros que llegaron después de mí.

Teisa me presentó como primo suyo. Aquello me resultó divertido.

—¿Por qué has dicho que soy tu primo? —le pregunté en voz baja cuando nos sentamos.

—No querrás que me ponga a dar explicaciones.

—No, claro.

A mi lado había una chica que se llamaba Clara. Aún no sabía que era la mejor amiga de Teisa y que también quería estudiar Medicina. Hablaba demasiado. Comenzó a hacerme preguntas y yo procuré no ser descortés, pero me empezaba a sentir mal de tanto mentir. «¿Cuánto tiempo te vas a quedar? ¿Estás haciendo cuarto? ¿Te gusta el pueblo? ¿Dónde vives?»...

Clara era muy maja, pero preguntaba como una ametralladora. Los demás iban a su bola, aunque de vez en cuando sorprendía a alguno mirándome con curiosidad, lo que me resultó divertido. Creo que la mayoría eran compañeros de clase.

—Mira —me dijo en un momento concreto Teisa—, este es Javier y también le molan las letras.

Le sonreí al chico y traté de salir de aquel apuro.

—Bueno, no creas que a mí me molan tanto —dije para no liar más las cosas.

—No le hagas caso —le dijo Teisa a Javier—. El chaval es un poco modesto.

—¿Y qué piensas hacer? —me preguntó Javier, que tenía una cara de empollón que no la podía disimular.

—¿Hacer? ¿Qué quieres decir? Voy a ir al concierto con vosotros.

El chico se rio porque pensó, creo yo, que le estaba vacilando.

—Te está preguntando qué piensas estudiar después —me sopló al oído Teisa.

—Vale, sí, lo he pillado —traté de bromear—. Quiero hacer Periodismo.

—Yo también —respondió Javier—, qué casualidad. Aunque la cosa está chunga.

Ahora que me he informado algo sobre los estudios de Periodismo, entiendo a qué se refería. Entonces no.

—Ya... Pero quien algo quiere algo le cuesta... —respondí con la frase menos comprometedora que me vino a la cabeza.

Creo que le caí bien a Javier. Durante un rato intentó hablar conmigo sobre la profesión de periodista, la crisis de los medios de comunicación y todas esas cosas, así que yo fingí que me interesaba más la conversación de Clara, que a su vez me hablaba de sus estudios de Medicina. Hubo un momento en que la cabeza me daba vueltas. «¿Y si finjo que me desmayo y después me marcho a casa?», llegué a pensar. Teisa me salvó.

—Nos vamos al Centro Social —me dijo, y sonó

como el timbre de final de clase cuando estás deseando salir al recreo.

El Centro Social era un edificio enorme de piedra. Según me explicó Clara, había sido un molino que estuvo abandonado muchos años hasta que el Ayuntamiento lo rehabilitó. Era realmente bonito. No tenía nada que ver con el Bar Gervasio, o Nemesio, o como se llamara, aunque te aseguro que mientras te cuento esto daría cualquier cosa por estar en aquel bar cutre, que acabó gustándome tanto.

Cuando entrábamos, se formó un pequeño atasco en la puerta y Teisa me agarró de la mano para que no me separase del grupo. Sentí un cosquilleo en el estómago que me subió hasta la garganta y se me quedó instalado allí unos segundos, o unos minutos. Cuando me soltó me sentí desamparado.

—Gracias, prima, por cuidar de mí —le dije.

Ella me sonrió y siguió hablando con otra gente que se unió al grupo. De vez en cuando me explicaba quién era cada uno, pero yo estaba tan alterado que no era capaz de retener los nombres de nadie. Fingí estar pendiente de todo, cuando en realidad a la única a la que le prestaba atención era a Teisa, que solo a veces se volvía hacia mí para preguntarme cómo estaba.

El concierto fue un éxito, aunque a mí no me gustó nada. Había gente mayor y gente joven. Una mezcla rara. Nunca había visto en un concierto a los abuelos con los nietos, ni a los hijos con los padres. El grupo se llamaba The Hipsters. Batería, guitarra eléctrica y un bajo que se acoplaba con los altavoces de vez en cuando y distorsionaba el sonido. Eran una mezcla entre The

Beatles y música *indie*. Es difícil de explicártelo si no los ves ni los oyes como hice yo. El guitarrista y cantante era el chico de Teisa. Lo supe porque la primera canción se la dedicó a ella, que se puso muy colorada. No digo que tocaran mal, sino que no me gustó el estilo que tenían. Esa estética de los *hipsters* no va conmigo.

Tocaron casi una hora, y a mí se me hizo interminable, porque Teisa estuvo todo el tiempo embobada, mirando el escenario, y yo no sabía qué hacer. Clara, de vez en cuando, me preguntaba si me lo estaba pasando bien. Y yo le mentía, como era de esperar en mí. En realidad, me aburría tanto que me dediqué a observar al público.

Reconocí entre las cabezas a Jorge y a sus colegas. Los saludé discretamente con la mano, pero la mala conciencia me impidió acercarme a hablar con ellos un rato. En uno de los barridos visuales que hice por el salón del Centro Social, me crucé la mirada con la de un tipo que desde el primer momento me produjo repulsión. Estaba seguro de que lo había visto antes, tal vez la noche anterior en el botellón. Soy muy bueno para quedarme con las caras. Sería un año o dos mayor que yo. Estaba oyendo el concierto con un grupo de seis o siete chicos y chicas. El tío me miraba fijamente. Al principio aparté la mirada para no ser grosero, pero cuando comprendí que me estaba examinando de arriba abajo lo miré desafiante. Al cabo de unos segundos pasó de mí y siguió hablando con sus colegas como si tal cosa. No me había gustado ni un pelo la insistencia con que me había mirado. Conozco a algunos tiparracos así: fanfarrones, desafiantes, que buscan siempre provocar. Sin embargo, no podía saber si se trataba de uno de esos, a pesar de que tenía toda la pinta, así que al cabo de unos minutos me olvidé totalmente de él.

Cuando terminó el concierto, el guitarrista y cantante bajó del escenario y se unió a nuestro grupo. Para ser justo, debo reconocer que era de esos que les gustan ahora a las chicas: modernillo y tal. No era el típico cachas de gimnasio ni un máquina de discoteca de polígono, sino que llevaba gafas de pasta y el pelo como si acabara de levantarse de la cama: un *hipster* de manual, que diría Víctor.

—Este es Richi —me lo presentó Teisa, y yo le tendí la mano con una sonrisa más bien falsa.

—¿Ri-chi? —pregunté quizá con algo de ironía.

—Sí, Ricardo, pero me llaman Richi.

El nombrecito me sonó de lo más cursi, aunque yo conocía a otros «Richis» y nunca lo había pensado hasta ese momento. A ti te puedo confesar lo que me pasaba: estaba celoso. No noté que Teisa estuviera más pendiente de Richi que de los demás, pero cada vez que lo miraba o hablaban entre ellos yo sentía que me ardían la cara y las orejas.

—¿Estás bien? —me preguntó Teisa en un par de ocasiones.

—Sí, ¿por qué?

—No sé, te veo preocupado.

—Bueno, sí, un poco.

—Si quieres salir a tomar el aire, te acompaño.

Me habría encantado salir a tomar el aire con ella, por supuesto, pero alguien del grupo —no sé si fue el

146

propio Richi— propuso que cambiáramos de sitio. Y eso hicimos. Para entonces ya éramos más de veinte. Demasiada gente para mí, que estoy acostumbrado a salir únicamente con Víctor.

Volvimos al Bar Nemesio, o Gervasio —¡se me atravesó el nombrecito!—, y aquello parecía otra cosa a esas horas. El dueño ya no estaba detrás de la barra, sino que había un chico y una chica que eran su hijo y su sobrina según me contaron. No quedaba ni uno de los paisanos que habían estado jugando a las cartas y al dominó unas horas antes. El televisor estaba apagado y sonaba música más o menos actual. Cuatro o cinco del grupo se habían ido al botellón que se organizaba detrás del instituto.

—Ahora me gusta más este sitio —le dije cuando entramos en el bar.

—No es nada del otro mundo, pero es casi lo único que hay.

—He estado en garitos mucho peores —dije poniendo voz de actor de telenovela.

—Tú eres un poco vacilón, ¿verdad?

—A veces. ¿Te parece mal?

—No. Me encanta... a veces.

Durante todo el tiempo fingí que me distraía con las conversaciones de unos y otros, para poder observar disimuladamente a Teisa. Cada vez que Richi se acercaba a ella o le decía algo, yo me ponía tenso. Trataba de hablar con Clara con normalidad, pero me costaba trabajo centrarme en la conversación. De vez en cuando Clara y Teisa iban al centro del salón a bailar y yo me quedaba con Javier, que me explicó con todo detalle las asignaturas que se estudiaban en primero de Periodismo. Estaba informadísimo. No era mal tío, pero mi cabeza estaba en otro sitio y lo de la carrera me quedaba muy lejos.

Nos habíamos apalancado en la barra un grupo de cinco o seis, cuando se acercó Teisa para preguntarle algo a Richi. En ese momento, como salidos de la nada, aparecieron tres chicos y se hicieron un hueco a empujones. No le di mayor importancia hasta que reconocí el careto del tipo que había estado observándome descaradamente en el Centro Social.

—Mira a quién tenemos aquí —dijo mirando con una sonrisa burlona a Richi—, pero si es el Justin Bieber de Oróspeda.

Richi se envalentonó:

—¿Por qué no te largas de aquí?

—¿Me vas a echar tú?

Teisa se interpuso entre los dos.

—¿Qué quieres, Corbalán? —dijo sin levantar la voz—. ¿No te diviertes con tus amigos?

Me pareció que el tal Corbalán se pensaba la respuesta durante unos segundos.

—No estoy hablando contigo.

—Pues yo sí —respondió Teisa muy seria.

—No sé por qué te pones así. Únicamente quería un autógrafo de tu amigo Richi Melenas, el terror de las nenas. No te mosquees conmigo.

La cosa no pasó de ahí, pero durante unos minutos los rostros de Teisa y sus amigos estuvieron serios. Intenté ser amable con Richi. Le eché la mano por el hombro y le dije:

—El mundo está lleno de imbéciles, pero hay que saber pasar entre ellos sin pringarse mucho de mierda.

Esa frase la decía Víctor cada vez que tenía un problema con alguien. Se la había oído unas cuantas veces. Me acordé mucho de Víctor en ese momento. Pensé que si pudiera verme se sentiría orgulloso al saber que algo había aprendido de él.

Después ocurrió todo muy rápido. Teisa estaba bailando con Clara y otra chica. Javier, Richi y yo hablábamos de no sé qué; de música, creo. Y de repente Richi se puso tenso y dijo:

—Ahora vengo.

Enseguida me di cuenta de lo que estaba pasando. El tal Corbalán estaba bailando al lado de Teisa. De vez en cuando se acercaba a su oído y trataba de decirle algo, pero ella apartaba la cabeza con gesto de asco.

Sin pensármelo dos veces, me fui detrás de Richi. Creo que Javier me siguió. Cuando llegamos al centro de la improvisada pista de baile, el matón sostenía a Teisa por el hombro para que no se marchara.

—Suéltala —dijo Richi.

Tengo que reconocer que fue valiente, porque el matón abultaba el doble que él. Corbalán se volvió hacia Richi y soltó a la chica. Teisa asió a Richi de la mano y tiró de él.

—Anda, sí —le gritó el matón a Richi—, corre a esconderte bajo las faldas de mamita.

Richi lo empujó, pero Corbalán apenas se movió. El matón lo agarró de la muñeca y se la sostuvo en alto.

—¿Me vas a pegar, Melenas?

Richi trató de soltarse inútilmente. Los amigos de

Corbalán habían acudido al ver que había pelea, y se habían puesto a su lado.

—Suéltalo —le dije sin gritar.

La gente se arremolinaba a nuestro alrededor. Corbalán lo soltó y se encaró conmigo.

—Vaya, pero si es el primito, que tiene voz.

En ese momento entendí por qué aquel grandullón me miraba tanto. Por lo visto había estado haciendo preguntas sobre mí. Después de mirarme de arriba abajo, me dijo:

—¿Vas a pegarme o qué?

—Déjalo, Enrique —intervino Teisa—, solo busca provocar.

—Huy, Enrique, pero si tiene nombre y todo. Enrique Melenas, el terror de las nenas.

—¿Solo sabes decir esa frase?

—Tengo otras, pero te van a gustar menos.

—¿Nadie te ha dicho que eres un bocazas?

Su estúpida sonrisa le desapareció de repente del rostro. Intentó empujarme y lo esquivé.

—¿Me lo vas a decir tú? —me preguntó provocativo y desconcertado.

—Sí, eres un bocazas con cerebro de mosquito.

Tardó unos segundos en reaccionar, pero en la mitad de tiempo que él necesitó para pensarlo, yo fui capaz de adivinar su reacción. La gente estúpida suele ser muy previsible. Se lanzó sobre mí. Fue muy fácil tumbarlo. Él mismo, sin darse cuenta, me ofreció la mano y el brazo tendido al intentar empujarme. Fue un regalo. Lo agarré, hice un giro, me incliné hacia delante, me lo eché en la espalda y lo hice volar como un pesado saco de patatas. Cayó al suelo de espaldas de una forma muy aparatosa. El golpe fue tan fuerte que sonó por encima de la música. En menos de dos segundos el corro de gente que nos rodeaba se hizo más grande y me temo que alguien debió de recibir algún golpe en la caída espectacular del fanfarrón.

Luego hice algo que mi profesor de yudo no me habría perdonado y que seguramente a ti tampoco te habría parecido bien. Clavé una rodilla en su pecho y con una mano agarrada a su cuello lo inmovilicé. Al principio apreté con rabia, pero cuando me di cuenta de que se ponía colorado y no podía respirar aflojé un poco. Con la otra mano le agarré el dedo índice y se lo retorcí para que no pudiera moverse. Supongo lo que me dirías si pudieras, pero en ese momento no pensé mucho en lo que estaba haciendo. Me dejé llevar por la rabia. Y cuanto más sometido tenía a aquel grandullón, más rabioso me sentía. Un buen yudoca nunca haría eso, lo sé.

Acerqué mis labios a su oído y le susurré unas palabras. No te voy a contar lo que le dije, porque sé que tampoco eso te iba a hacer ninguna gracia. A él no le gustó, eso sí te lo puedo contar. Cuando vi la cara de dolor que ponía, levanté ligeramente la rodilla de su pecho. Sus colegas no reaccionaron. Tampoco creo que Richi, Javier y los demás les hubieran permitido que se abalanzaran sobre mí.

—Ahora vas a levantar tu sucio trasero del suelo y te vas a marchar de aquí. ¿Entendido? —le dije y el matón no respondió—. ¿Entendido? —volví a preguntar, retorciéndole un poco más el dedo.

Corbalán asintió con un movimiento de la cabeza.

Me aparté y esperé a que se levantara. No soy capaz de imaginar qué puede pensar una persona después de padecer una humillación como aquella delante de tanta gente. Jamás he sentido nada semejante y espero no sentirlo nunca.

Corbalán se levantó y se marchó refunfuñando. Y en ese momento pensé que me había ganado un enemigo para toda la vida. Sus amigotes no se fueron detrás de él. Permanecieron un rato mezclados con el corro de gente hasta que los perdí de vista.

Cuando me di la vuelta, Teisa estaba llorando abrazada a Richi.

—¿Estáis bien? —les pregunté a los dos.

Richi dijo que sí y Teisa me hizo un gesto afirmativo sin mirarme.

Aquel imbécil me había estropeado la noche; nos la había estropeado, mejor dicho. Teisa no volvió a sonreír, aunque Richi trató de comportarse como si no hubiera pasado nada. Al cabo de un rato ella se apartó del grupo y se quedó sola. Me acerqué y le dije:

—¿No estás bien?

Me miró muy seria.

—No, no estoy bien. Odio a los matones, odio las peleas, odio a la gente que utiliza la fuerza...

—¿Lo dices por mí? —la interrumpí.

—No, no lo digo por ti.

Me tomó la mano.

—¿Quién es ese Corbalán?

—Es una historia muy chunga.

Le señalé una mesa en un rincón que estaba vacía y la invité a sentarse.

—Seguro que no me escandalizaré si me la cuentas —le dije.

Teisa sonrió, se sentó y me contó algunas cosas que me sirvieron para entender lo que había sucedido.

Aquel «macho alfa», como lo definió Teisa, había sido compañero suyo en la escuela desde infantil. Era un chico normal y corriente, sin problemas con los amigos. Todavía cuando empezaron el instituto era un chaval como los demás. Y de pronto, comenzó a hacer cosas raras. Nadie se explica qué le ocurrió. Cambió de amigos. Dejó de lado a aquellos con los que había estado desde los tres años. Empezó a flojear en los estudios y se volvió un tipo grosero hasta convertirse en un broncas.

—Nunca hemos sabido por qué cambió tan de repente —se lamentó Teisa—. Es demasiado simple decir que fue por influencia de las malas compañías.

El caso es que Corbalán cambió hasta convertirse en un energúmeno. Repitió dos cursos y se descolgó de los compañeros de la infancia. Cuando oí aquello, me alteré un poco, porque la historia me resultaba conocida.

—El verano pasado, en una fiesta del polideportivo, me confesó que estaba enamorado de mí desde que íbamos a primaria. Me preguntó si quería salir con él y le dije que no.

—¿Estabas saliendo con Richi?

—No. Le dije que no porque a mí Corbalán no me gusta ni me ha gustado nunca. Es cierto que nos llevábamos bien antes de que él cambiara. Pero mi cabeza está ahora en otra cosa.

—¿En Richi?

—Oye, ¿a ti qué te pasa con Richi? —me dijo con desesperación.

—Lo siento, no quería interrumpirte.

—Me gustaría terminar estos dos años de bachillerato lo mejor posible y entrar en Medicina. No quiero historias para comerme el coco.

—Pero estás saliendo con Richi, ¿no?

—¿Te has rayado o qué te pasa? Deja a Richi tranquilo.

—Bueno, quiero decir que...

—Lo de Richi es otra historia. Él no es el chico de mi vida. Ni yo soy la mujer de su vida. Quedamos, salimos, nos vemos todos los días en clase... Pero él sabe lo que pienso.

—¿Es una relación abierta?

—No haces más que soltar tonterías. Ni relación abierta ni nada. Es lo que es y punto.

Teisa se había enfadado. Se mordía el labio con tanta fuerza que pensé que se haría sangre.

—Por lo visto no hago más que meter la pata esta noche —dije cabizbajo.

Me apretó la mano y percibí un tremendo calor, como el que desprendía su madre. Debí de estremecerme, porque ella apartó la mano y me dijo:

—¿Qué te pasa?

—Nada, que soy un torpe y un bocazas.

—¿Por qué?

—Porque no hago más que meter la pata... contigo.

En ese momento se acercó Clara y se sentó a nuestro lado. No te imaginas cómo me molestó aquella interrupción.

—¿Cambiamos de sitio? —preguntó Clara.

—Id vosotros —respondió Teisa—. A mí no me apetece.

—A mí tampoco —le dije y me pareció que Teisa hacía un esfuerzo para sonreír—. Cuando quieras nos vamos a casa.

Subí agarrado a ella en la moto. Deseaba que el trayecto no fuera tan corto, que durara toda la noche. Cuando llegamos a la puerta de su casa sentí rabia por lo pronto que había terminado el viaje.

—¿Tienes hambre? —me preguntó Teisa.

Le dije que sí y ella me invitó a visitar la cocina. Sacó un trozo de tarta del frigorífico y lo colocó sobre la mesa. Cuando me alargó el plato, me temblaron las manos al cogerlo.

—Estás temblando.

—Es por el frío —mentí.

Teisa envolvió mi mano con las suyas y noté el calor.

—¿Siempre tienes las manos tan calientes? —le pregunté y ella me soltó de repente, como si le hubiera molestado el comentario.

No respondió. En lugar de eso se echó un trozo de tarta a la boca y me miró con cara de enfado.

—Háblame de Carolina —me dijo inesperadamente.

Tuve que esconder las manos para que no se diera cuenta de mi nerviosismo.

—¿Qué Carolina?

—La chica con la que sales.

—¿Y tú cómo sabes eso?

—Tengo poderes —me dijo sonriendo—. ¿No lo sabías?

—Sí, tus poderes se llaman Jorge, ¿verdad?

—¿Me vas a hablar de ella o no? —me preguntó sin dejar de sonreír—. ¿Es un rollete o va en serio la cosa?

—Eso nunca se puede saber con seguridad.

—¿De veras no lo sabes?

—Bueno, creo que es un rollete.

Puso cara de decepción y no fui capaz de saber por qué.

—¿No te gustan los compromisos?

—Sí —le dije con la mayor frialdad que pude—. Pero me pasa lo mismo que a ti, tengo otras prioridades.

—¿El periodismo?

—El periodismo deportivo.

—Debe de ser estupenda.

—¿Quién? ¿Carolina?

—No, la profesión de periodista.

Los dos estallamos en unas ruidosas carcajadas antes de taparnos la boca para no despertar a nadie.

Capítulo diez

Teisa se comportaba conmigo de una manera por la noche y de otra distinta por la mañana. Y eso me desconcertaba mucho. Estuvimos un rato hablando en la cocina y cuando me marché a la cama me dio las buenas noches con una sonrisa.

—Seguimos hablando mañana —me dijo.

—Sí, claro, mañana seguimos.

Dormí de un tirón aquella noche y me levanté más temprano de lo que suelo hacer un domingo. Tenía la esperanza de encontrar a Teisa y desayunar con ella, porque me había tomado demasiado al pie de la letra aquel «seguimos hablando mañana». Pero el madrugón resultó inútil. Cuando entré en la casa, ella ya había desayunado y se había encerrado a estudiar. Eso fue lo que me dijo Ariché.

Héctor me invitó a ir con él y con Martín a dar una vuelta por el campo.

—Estoy cansado —me disculpé—. He dormido mal —mentí de nuevo.

En realidad, tenía la esperanza de que Teisa no se pasara la mañana estudiando, que apareciera por allí para hacer un descanso y hablar un rato conmigo.

Cuando Martín y Héctor se marcharon dando un paseo hacia la pinada, me quedé sentado como un pasmarote en las escaleras del porche, observando cómo los huéspedes de las casas rurales se preparaban para hacer una excursión. Ya sabes: mochilas, bastones, perro y todas esas historias. Ni que se estuvieran preparando para escalar un ocho mil como el Himalaya.

Pasé la mayor parte de la mañana jugando al fútbol con Jorge en la plazoleta. Iba detrás de mí como un perrito. Si yo entraba a beber agua, a él le daba sed de repente; si me sentaba a descansar, él también estaba cansado. Por alguna razón que desconozco, me trataba como si fuera su héroe, lo que no me molestaba en absoluto.

—¿Y tú no tienes nada que estudiar? —le pregunté al verlo tan desocupado.

—Yo soy de los que dejan las cosas para el final —me dijo como si se sintiera orgulloso—. Esta tarde estudiaré un rato.

Me sentí en la obligación de soltarle un discursito. Le dije que era un irresponsable, que debía anteponer los estudios a todo lo demás. Le aconsejé que tomara ejemplo de su hermana e insistí mucho en eso. A mitad del rapapolvo, me di cuenta de que estaba repitiendo las mismas palabras que tantas veces me había dicho mamá. Incluso estaba utilizando el mismo tonillo que me resultaba tan desagradable. Sin embargo, Jorge me escuchó con atención y hasta se mostró agradecido por mi reprimenda. Enseguida me sentí un farsante. Si Jorge hubiera sabido que yo era un experto en perder el tiempo, creo que toda su admiración hacia mí se habría esfumado en cuestión de segundos.

Me quedé callado de repente y él me miró muy serio.

—¿Qué te pasa? —me preguntó.

—Perdona, no tengo ningún derecho a meterme en tu vida.

—Al contrario. Me parece muy bien que me eches un puro. Me lo merezco, lo sé.

Me pasé parte de la mañana vigilando la ventana del cuarto de Teisa, pero ella no se asomó ni una sola vez, o al menos yo no la vi. No apareció hasta pasado el mediodía. Y tampoco mejoraron mucho las cosas entonces.

—¿Cómo vas? —le pregunté.

—Agobiada —me dijo sin mirarme apenas a la cara.

No me atreví a decirle nada más, ni siquiera que me gustaba mucho la coleta que se había hecho. Es verdad que me sonrió, pero fue una sonrisa muy forzada, con desgana.

Durante la comida, estuvo muy callada. Dijo alguna cosa, pero no me miró ni una sola vez. Cuando terminamos, recogimos la mesa entre todos y se dirigió por primera vez a mí:

—Voy a repasar media hora y lo dejo.

Yo hice un gesto de afirmación. No entendí por qué me daba explicaciones después de haber estado pasando de mí toda la mañana.

—¿Vas a ir a alguna parte? —me preguntó inesperadamente.

—Supongo que no.

—¿Quieres dar un paseo después?

Tragué saliva y le respondí que sí.

Aquella media hora de espera fue posiblemente la más larga de mi vida. Créeme que no te exagero. Me pasé todo el rato entrando y saliendo de casa, mordiéndome las uñas, fingiendo que veía la tele. Héctor se dio cuenta y me preguntó si me pasaba algo.

—Nada, estaba pensando en mis cosas —le respondí.

Puso una sonrisa como de no creerse nada. ¿Sabría lo que me estaba pasando?

Teisa bajó puntual, aunque a mí me parecía que había pasado ya una semana desde que subió a su cuarto. Venía con ropa deportiva. Yo me había puesto lo mejor que me había comprado su madre.

—¿No tienes zapatillas de deporte? —me preguntó.

Me miré los pies y negué con la cabeza.

—Pero... ¿adónde vamos?

—A dar un paseo, ¿no te apetece?

—Sí, claro.

Hasta ese momento yo había odiado el campo y la naturaleza. Sí, todo eso del senderismo, del paisaje y de saberse los nombres de los pájaros y de las flores me parecía un rollazo. Como dice Víctor algunas veces cuando estamos de coña, «el aire puro me marea». Sin embargo, aquella tarde de domingo comencé a verlo de otra manera. ¿A ti te parece que esto es normal?

Teisa volvió a comportarse conmigo como la noche anterior. Le pregunté por el examen y prefirió cambiar de tema. Sin embargo, me habló de muchas otras cosas. Y yo la escuché con atención. Lo cierto es que al principio no me fijé demasiado en el paisaje. De vez en cuando nos deteníamos y ella señalaba un punto cualquiera. Me decía el nombre de una sierra o de un pico. Se sabía los nombres de cada uno de los árboles, arbustos y matas silvestres. Para mí eran todos iguales. Yo pensaba que eso no era importante, pero a Teisa le extrañó que no supiera diferenciar una encina de un alcornoque, o un chopo de un pino.

—Tú eres de los que creen que la leche no viene de las vacas sino de los tetrabriks, ¿verdad?

—No tanto, pero casi —le respondí encogiéndome de hombros.

Ella me tomó del brazo y tiró de mí para que no me quedara atrás.

—Ven, quiero enseñarte algo.

Anduvimos un tramo entre pinos —creo que eran pinos— hasta salir a otro camino. Más bien era una senda. Llegamos al cauce de un río y lo seguimos en dirección contraria a la corriente. Ahí fue cuando empecé a darme cuenta de la belleza del lugar. Se lo dije.

—Me alegro de que te guste.

Después de casi una hora caminando divisamos una casa que se podía distinguir a lo lejos.

—¿Quién vive allí? —le pregunté.

—Nadie, ahora está abandonada. Pero es mi lugar favorito. ¿Tú no tienes ningún lugar favorito?

—Mi habitación.

Lo dije para arrancarle una sonrisa, pero no movió ni un solo músculo de la cara. Víctor dice siempre que destrozo todos los chistes. Por eso procuro no hacerme nunca el graciosillo, pero aquella vez me salió sin pensarlo.

Llegamos a la casa tras subir una cuesta muy empinada. Ella caminaba deprisa y yo trataba de seguirla. Cada poco se volvía para esperarme y me contaba algún detalle de su lugar favorito.

Era una casa de campo grande. Teisa me contó que su padre había nacido allí.

—¿Quién, Martín?

Me acordé de la historia que me había explicado Héctor sobre la muerte del padre biológico de Teisa y enseguida me arrepentí de haber hecho una pregunta tan estúpida.

—Pues claro, ¿quién va a ser?

El bisabuelo de Martín había construido aquella casa hacía más de un siglo y con el tiempo la familia la había ido ampliando. Durante sus años de esplendor fue una casa solariega de las más importantes de la comarca. La familia había vivido de la agricultura, de la madera y de la ganadería. Poco a poco la situación del campo fue empeorando y bajaron a vivir al pueblo.

—Mi padre vivió aquí hasta los diez años. Si lo oyeras hablar de aquellos tiempos, entenderías lo que este lugar significó para él.

—¿Y por qué no lo significa ya?

—Porque vendieron todas las tierras y solo se quedaron con la casa. Mira, ven.

Teisa me llevó hasta la puerta principal y abrió con una llave que sacó del bolsillo de sus pantalones.

Entrar en la casa fue como retroceder en el tiempo. Según me contó Teisa, todo se había quedado como lo dejaron sus abuelos cuando marcharon de allí. Incluso pude ver en la pared un calendario de hacía más de treinta años. Era una casa de campo auténtica. Nada que ver con las casas rurales a las que la gente acude los fines de semana o los puentes de vacaciones.

Las ventanas estaban cerradas y no había luz eléctrica. Teisa abrió un cajón y sacó una caja de cerillas. Encendió una vela que había sobre la chimenea, en una palmatoria —jamás había oído esa palabra antes—, y me pidió que la siguiera. Las escaleras crujían bajo nuestros pies.

—No tengas miedo —me dijo—. Esta escalera durará más años que tú y yo.

—Espero que tengas razón.

Me condujo por un pasillo hasta una habitación que parecía una salita de estar. Entonces descorrió las cortinas y abrió el balcón. Las vistas eran espectaculares. La casa estaba en la falda de la montaña y sobresalía sobre las copas de los árboles. Mereció la pena subir hasta allí. Teisa no había elegido un sitio cualquiera. Me explicó que cuando se sentía mal por algún motivo iba a aquel lugar y se sentaba a ver atardecer, como hicimos nosotros aquel domingo.

El sol fue acercándose poco a poco al horizonte, y el cielo se tiñó de rojo. Nunca antes me había fijado en cosas como aquella. Hasta entonces, para mí todos los atardeceres eran iguales.

—¿Te gusta? —me preguntó.

—Mucho.

Estuvimos un largo rato contemplando en silencio la puesta de sol. Nos sentamos en el suelo del balcón y apoyamos la espalda en la pared. Mi pierna estaba pegada a la suya. Solo con ese roce del pantalón sentía

163

que mi corazón se aceleraba. De vez en cuando me volvía a mirarla y me parecía que Teisa estaba en otro lugar, que su pensamiento volaba lejos. Entonces ella sonreía sin volverse hacia mí, y yo comprendía que seguía allí, a mi lado.

Cuando el sol se ocultó tras el horizonte, Teisa volvió a la realidad.

—Héctor me ha contado... —empecé a decir, pero me quedé con la frase a medias.

—Héctor te ha contado qué.

—Lo que pasó con tu padre.

—¿Qué pasó con mi padre? —me dijo desconcertada.

—No me refiero a Martín, sino al «otro».

Apenas había terminado la frase cuando ya estaba lamentando haber empezado aquella conversación. Lo último que deseaba era meter la pata con Teisa.

—Al «otro» no lo recuerdo —me dijo muy seria en un tono de voz seco y cortante—. Mi padre es Martín. Es el único al que he conocido. Eso de la llamada de la sangre es una tontería. Cuando el «otro» murió, yo tenía poco más de un año y hacía mucho que se había marchado de casa. Ni siquiera he visto su cara en fotografías. Por suerte no tengo ningún recuerdo.

—Yo tampoco.

Me miró con la misma seriedad con que había hablado.

—Lo sé —me dijo—. Héctor me lo contó.

—Pero al contrario que te pasa a ti, yo sí querría recordarlo.

Le expliqué algunas cosas de lo que me pasó cuando

a ti te ocurrió «aquello». Teisa no apartaba la vista de mí. Cuando terminé de hablar, me puso la mano en el brazo y me dijo:

—Mi madre dice que lo que te pasa es normal.

Tenía la mano caliente. Se lo dije y enseguida la apartó. Lamenté haberle dicho nada.

—¿Teisa es un nombre indígena?

Me miró extrañada.

—¿Quién te ha dicho eso?

—Nadie. Lo he supuesto yo.

—Pues es mejor que no te hagas detective.

—¿Por qué?

—Mi nombre es Teresa, pero me llaman Teisa porque de pequeña no era capaz de pronunciarlo bien.

Rio por primera vez y yo me sentí aliviado. Bromeamos con mis fantásticas dotes intuitivas. Me contó algunos recuerdos de su infancia. Al contrario que a mí, a ella no le hacía daño hablar del pasado.

Entonces hice algo de lo que —una vez más— me arrepentí enseguida. Acerqué mis labios a los suyos y la besé. Ella apartó la cara y me miró con un gesto raro, como asustada, me pareció.

—Perdona —le dije—, no quería...

Teisa miró al horizonte y no dijo nada. Empecé a disculparme de mil maneras y cuanto más hablaba más ridículo me iba sintiendo. Ella me puso los dedos en los labios y me obligó a callar.

—¿Siempre hablas tanto? —me dijo.

—No siempre —titubeé.

Se puso en pie y me ofreció la mano para ayudarme a levantarme.

—Se está haciendo tarde —me dijo—. Tenemos que volver.

Teisa lo dejó todo como lo encontramos al llegar. La madera de la puerta del balcón estaba tan hinchada —ella me explicó que era por la lluvia— que no pudimos cerrarlo bien. Cuando salimos al campo, ya había anochecido.

—Tendremos que hacer el camino a oscuras —comenté.

—¿Qué pasa? ¿Te da miedo la oscuridad?

—No es eso.

Teisa levantó la cabeza y me señaló con el dedo al cielo.

—Hay luna llena. Además, me conozco el camino de memoria y podría hacerlo con los ojos cerrados.

—Te creo capaz de eso y de mucho más.

Esa vez sí que le hizo gracia mi comentario. Menos mal, pensé.

Me alegré de no tener que hacer el camino de vuelta yo solo. Teisa se movía como si fuera de día. Era verdad que conocía bien aquellos parajes. Cuando cruzamos el río, el sonido de la corriente me puso los pelos de punta. Algo debió de notar ella, porque enseguida me preguntó:

—¿Estás bien?

—Los ríos me ponen nervioso —le confesé.

—¿Por qué?

—No sé, seguramente porque no sé qué profundidad tienen. En la piscina siempre ves el fondo.

Lo dije muy en serio, pero ella se lo tomó como un chiste. Me agarró de la mano y tiró de mí porque me iba quedando atrás. Caminamos así durante un trayecto. Cuando me soltó la mano, sentí una gran decepción. De repente me dijo:

—Héctor dice que eres un buen chico que juega a ser malo.

—¿De verdad te ha dicho eso?

—Se lo dijo a mis padres y lo escuché sin querer.

Me sentí importante al saber que Héctor les había hablado de mí. Y, sobre todo, que no les había hablado mal. No sabía qué decir.

—¿Y qué más les contó Héctor?

Ella se detuvo, me miró y me dijo:

—Me advirtió de que me anduviera con mucho ojo contigo.

—¿De verdad?

Empezó a reírse y echó a caminar a toda prisa.

—Por supuesto que no. Ya veo que no conoces a Héctor.

—No tanto como tú.

Ella retrocedió, me agarró de nuevo de la mano y tiró de mí con fuerza. Yo no sabía qué hacer ni qué decir. Temía meter la pata. Por eso hicimos el resto del camino en silencio. Cuando vi a lo lejos las luces de las casas, sentí un gran alivio.

Me avergüenza reconocer que no tengo mucha experiencia con las chicas. Ninguna me ha aguantado más de dos semanas. Por lo general, suelen huir de los chicos problemáticos. A mamá nunca se me ha ocurrido pedirle opinión sobre estas cosas. No sé cómo habría sido contigo. Víctor habla a veces con su padre de estos asuntos y él lo escucha. La mayoría de los consejos que le da no le sirven para nada, porque las cosas han cambiado bastante desde que su padre era joven. Sin embargo, a mí me habría gustado conocer tu opinión.

Teisa no contó a nadie dónde habíamos pasado la tarde. Se guardó el secreto para ella. Enseguida se comportó como casi siempre que estábamos todos en casa, es decir, me ignoró. Yo no sabía si debía pedirle otra vez disculpas por aquel intento de besarla. No podía saber si estaba molesta o no, porque no lo mencionó en ningún momento.

Se subió a su habitación muy pronto, en cuanto cenó. Pero antes me dijo:

—Pásate mañana por el instituto a saludar a los chicos. Seguro que se alegrarán de verte.

—¿Cuándo me paso?

—Cuando quieras: en el recreo o al acabar las clases. Aquí te vas a aburrir mucho.

Esa noche le escribí de nuevo a mamá por *e-mail*. Me habría gustado hablar con ella otra vez, pero no me atreví a pedírselo a Héctor. Él parecía muy concentrado en sus preocupaciones, aunque de vez en cuando me miraba, sonreía y me preguntaba:

—¿Todo bien?

—Todo bien.

—Anímate —me dijo—. En una semana esto se habrá terminado.

Pero yo no sabía si quería que terminara o que durase mucho más.

Capítulo once

La semana empezó con mucho trabajo para Martín y Ariché puesto que el miércoles por la noche arrancaba un macropuente de cuatro días y tenían varias casas rurales reservadas hasta el domingo. Héctor se ofreció a ayudarles a prepararlo todo, pero Martín se negó.

—¿Te apetece pasear? —me preguntó Héctor después del desayuno.

—Sí, pero a la hora del recreo quiero bajar al instituto.

—¿Y eso?

—Se lo prometí a Jorge y a sus colegas —le mentí.

Héctor me miró fijamente, como si tratara de averiguar si decía la verdad.

—¿Son majos los amigos de Jorge?

—Sí, mucho.

—Me alegro de que te gusten.

En vez de pasear, nos sentamos en el porche de casa y estuvimos hablando más de una hora como si fuéramos colegas. Tenía curiosidad por saber algunas cosas sobre su trabajo. Todo lo que me contó me pareció muy duro.

—Si te gusta lo que haces, no hay ningún trabajo duro —me dijo.

—¿Y qué pasa cuando alguien no sabe lo que le gusta?

Disimuló una sonrisa.

—En ese caso tendrá que averiguarlo primero. Y luego decidir.

—¿Cuándo decidiste que querías ser policía?

—Cuando tenía tu edad, más o menos.

—A mí me gusta el periodismo, pero creo que es un poco tarde.

—¿Tarde, por qué?

Me encogí de hombros.

—Es como si mi tren hubiera pasado ya.

—Hablas como si fueras muy mayor y hubieras desperdiciado todas las oportunidades.

—Puede ser.

—Tu madre dice que escribes muy bien. —Sentí cierto rubor al pensar que mi madre y él habían estado hablando sobre mí—. Quizá tengas madera de escritor.

—No creo.

—Te he estado observando, ¿sabes?

—¿A mí?

—Sí, seguramente será deformación profesional. He visto que pasas mucho tiempo anotando cosas. ¿Qué escribes?

—Nada, no tiene importancia.

—¿De verdad que no es importante?

—No. Es solo que me gusta apuntar las cosas para acordarme cuando pase un tiempo.

—Te da miedo olvidar. ¿Es eso?

170

Asentí. Héctor había dado en el clavo. No me gusta escribir un diario. Lo veo absurdo. Sin embargo, desde hace tiempo me gusta apuntar las cosas en papeles o en libretas que luego guardo en casa, cuando las acabo. Tengo un cajón lleno de libretas. Apunto cosas que me gustaría recordar con el paso de los años: las películas que he visto, las canciones que he escuchado, las fechas importantes, los nombres de la gente a la que voy conociendo, los lugares que visito, palabras que no conocía y que me hacen gracia, como «palmatoria». En fin, todas esas cosas. Pienso que si alguna vez me pasa algo, mis hijos o mis nietos podrán saber cosas de mí si leen esas libretas. Sé que es una tontería, pero me sale de forma natural y no me cuesta trabajo hacerlo. Se lo conté más o menos con esas palabras a Héctor y me escuchó con mucha atención, como si le interesara de verdad lo que estaba diciendo. No estoy acostumbrado a que me escuchen así.

Cuando terminé de hablar, se quedó en silencio, pensativo. Me miró.

—Tu madre tiene razón —me dijo al cabo de un rato—. Tienes madera de escritor.

Me sentí orgulloso de que mamá y él lo pensaran, pero no lo dije. Me habría dado vergüenza.

De pronto Héctor se miró el reloj.

—Si quieres ver a tus amigos en el recreo, tendrás que ir saliendo ya.

Tomé impulso, me puse en pie y me sacudí los pantalones como si me hubiera estado revolcando por el suelo.

—Gracias —le dije antes de darme la vuelta y echar a correr.

—¿Gracias por qué? —oí que me decía cuando ya me alejaba.

Me di la vuelta y me despedí con la mano, pero no le respondí. Creo que hay cosas que no hace falta explicar, y estoy seguro de que Héctor sabía muy bien por qué le daba las gracias.

Cuando estaba ya lejos, me detuve y me di la vuelta.

—Y recuerda —le grité—, no te metas en líos. No conviene llamar la atención.

A pesar de la distancia, oí perfectamente las carcajadas de Héctor. Y las estuve oyendo un rato, hasta que tomé la curva del camino y lo perdí de vista.

Aquellos tres días en los que bajé cada mañana al instituto me sentí el centro de atención. A diferencia de mi instituto, allí los alumnos salían sin problema del recinto y se sentaban en los bancos del jardín que había enfrente. Eso me sorprendió. Supongo que así uno no tenía la sensación de estar enjaulado.

Teisa me abrazó cuando me vio la primera mañana que bajé. El examen de Matemáticas le había salido muy bien. Allí estaban Richi, Javier, Clara y los otros. Además, se unieron a nosotros Jorge y sus tres amigos. Durante esos días fui uno más entre ellos. Era algo que no me pasaba en mi instituto, donde casi siempre me sentía como un bicho raro. No solo me llegué a sentir uno más, sino que cuando sonaba el timbre y volvían a clase —pensé que esto no lo diría jamás— me quedaba con ganas de entrar también. Si Víctor leyera esto, no lo creería. O sí, quién sabe.

Esos días fueron estupendos, a pesar de que de vez en cuando sentía un gran remordimiento al imaginar cómo lo estaría pasando mamá. Nos escribíamos por *mail* varias veces al día. Nuestra relación virtual no se parecía en nada a la que teníamos en casa. Le hice algunas confesiones que jamás le habría hecho si la hubiera tenido delante. Aunque no era una novedad para mí, me di cuenta de que me costaba menos trabajo escribir las cosas que decirlas.

El miércoles por la tarde, Teisa me preguntó si me apetecía bajar con ella al pueblo. Me contó que había quedado con Clara para dar una vuelta y más tarde ir al ensayo de The Hipsters, que ya preparaban su próxima actuación.

—Me parece que Clara está interesada en ti —me dijo con una sonrisa que yo interpreté como algo maliciosa.

—¿En mí? Creo que te estás columpiando, tía.

—Puede ser, pero no hace más que preguntar.

—¿No sale con nadie Clara?

—¿Y por qué no se lo preguntas a ella, si estás tan interesado?

—No estoy tan interesado. Solo es curiosidad. En realidad no es cosa mía.

Me molestó que hiciera de celestina con Clara.

Esa tarde bajé al pueblo con Teisa, a pesar de que Jorge había insistido en que fuera con ellos a los billares para seguir con su interminable entrenamiento de futbolín.

La vida en un pueblo pequeño no es tan aburrida como pensamos los que vivimos en ciudades grandes. Es más, creo que no tiene nada de aburrida. Lo peor de todo es que la gente se conoce y estás siempre controlado vayas donde vayas. Pero eso a Teisa y a Clara no parecía importarles demasiado, o lo disimulaban. No sé cuántas veces nos paramos por la calle a saludar y a hablar con alguien.

Estuvimos tomando algo en el Bar Gervasio, o Nemesio, nunca me aprenderé el nombre. Esa tarde los paisanos se habían apoderado otra vez del bar con sus partidas de dominó y de cartas, y había pocos jóvenes. A mí me daba igual. Lo importante era la compañía. Teisa y Clara hablaban de sus cosas, y de vez en cuando me daban explicaciones para que yo entendiera de qué iba el asunto. De repente pregunté:

—¿No vamos a ir al ensayo?

Teisa me hizo un gesto para que me despreocupara, como si en ese momento el ensayo fuera lo que menos importancia tuviera.

—Luego iremos —dijo con desgana.

Estuvimos más de una hora hablando, no sé, quizá dos. El tiempo volaba. Ellas me preguntaban sobre mi vida en Coslada y yo les preguntaba a ellas por la vida en el pueblo. Nos echamos unas risas a costa de algunas anécdotas que les conté sobre Víctor, que es un especialista en que le pasen cosas superextrañas. Sin embargo, cuando tenía que hablar del instituto, me ponía colorado y temía que se me notara. No recuerdo haberme sentido antes tan incómodo mintiendo. Algo similar a la mala conciencia se removía dentro de mí.

No sé cuánto tiempo llevaríamos allí, cuando las dos decidieron ir al baño. ¿Por qué siempre las chicas tienen que ir juntas al baño? Todo ocurrió tan rápido que me pilló desprevenido. Apenas se habían levantado

174

ellas, cuando sentí que alguien se acercaba por detrás y se ponía a mi lado. Levanté la cabeza y vi la cara de Corbalán, el matón.

—¿Qué te pasa a ti? —le pregunté a la defensiva.

—Me gustaría hablar contigo —me dijo en un tono tan bajo que me costó trabajo oírlo.

¿Hablar conmigo? ¿Qué querría hablar conmigo aquel tiparraco? Lo miré a la cara y noté que su rostro era de preocupación.

Yo me había puesto alerta, porque pensaba que aquello podía ser una trampa. Incluso volví ligeramente la cabeza por si estaban sus amigos cerca. Pero no había nadie, había venido solo.

—Dime lo que quieres y lárgate.

Se sentó en el sitio de Clara y me dijo:

—Quiero disculparme por lo que pasó la otra noche.

—¿Qué pasó la otra noche? —le pregunté para ponerlo a prueba.

—Ya me entiendes. Sé que a veces me paso bastante.

—Pues sí, te pasaste, tú lo has dicho.

—De veras que lo siento. Yo aprecio mucho a Teisa.

—Y yo.

—No me gustaría que le pasara nada malo.

—No va a pasarle nada malo.

—Lo sé, pero ese chico con el que sale no me gusta ni un pelo.

—Eso no es cosa tuya. A quien tiene que gustarle es a ella.

—Es que Teisa no se da cuenta de que no le conviene.

No podía creer lo que estaba oyendo. El matón estaba peor de la chola de lo que yo creía. Le di la razón para que me dejara tranquilo. No me apetecía seguir aquella conversación.

—Ella sabe cuidarse muy bien solita, te lo aseguro —le dije.

Entonces Corbalán asintió y me extendió la mano.

—¿Aceptas mis disculpas?

Enseguida me anticipé a lo que podía pasar. «Ahora le doy la mano y tira de mí», pensé. «Me inmoviliza y me deja fuera de juego». Lo vi muy claro. Estaba convencido de que iba a hacer exactamente eso. Pero no soy un cobarde, ya te lo he dicho. Acepté su mano y me preparé para su reacción. Sin embargo, no hizo nada de lo que yo esperaba. Me la apretó y me dijo:

—Siento mucho lo que pasó, de verdad.

—Yo también —le respondí.

No parecía ya un matón, sino más bien un corderito. Pensé, entonces, que todos los matones tenían su parte humana. Tampoco conocía yo a tantos.

—Estamos en paz —le dije.

—¿Me aceptas una invitación? —me preguntó señalando la barra.

—No estoy solo.

—Lo sé.

—Otro día.

Se levantó y se dirigió a la puerta. Visto así, de cerca y sin gruñir, no parecía tan fiero. Enseguida llegaron Teisa y Clara.

—¿Qué quería ese? —preguntó Teisa.

—Vino a disculparse.

Las dos se miraron con desconfianza.

—¿Disculparse Corbalán? —dijo Clara—. Eso sí que es una novedad.

—La gente cambia —dije más pensando en mí que en Corbalán.

—Eso espero —dijo Clara.

Llegamos al ensayo de The Hipsters cuando estaba terminando. Se reunían en una cochera vacía, donde tenían espacio para los instrumentos, los amplificadores y los diez o doce colegas que acudían a oírlos. Tenían comida y bebida. Aquello resultó una fiesta improvisada.

Me sentía incómodo delante de Richi y Teisa. No eran de esas parejas empalagosas que están siempre pegados el uno al otro como lapas. Quizá hubiera preferido eso, porque me habría hecho poner los pies sobre la tierra y aceptar la cruda realidad. Sin embargo, no era así. Me parecía que Richi se acercaba con frecuencia a Teisa, pero ella iba a su bola. Ella estaba más pendiente de Clara y de mí que de él. Cada vez que Richi le echaba el brazo por encima, a mí me ardía la cara. No lo podía soportar y miraba para otro lado. En una ocasión en que ella lo abrazó, pensé que el techo de la cochera se me venía encima. Traté de disimular poniendo interés en lo que me decía Clara, que precisamente en ese momento trataba de explicarme no sé qué de su último desengaño amoroso, o una cosa de esas. Yo asentía a todo, como si me estuviera enterando, mientras con el rabillo del ojo buscaba a Teisa y la veía reír.

—¿Te encuentras bien? —me preguntó Clara.

—No sé, creo que me está dando un bajón.

—¿Un bajón?

—Sí, he dormido poco. En estos últimos días han pasado muchas cosas y por la noche le doy demasiadas vueltas a la cabeza.

Apenas me di cuenta de cómo Clara se disculpaba un momento y se acercaba a Teisa para decirle algo al oído. Lo hizo de una forma muy sutil. Luego volvió y seguimos hablando. Antes de cinco minutos, Teisa se acercó por detrás, me rodeó con los brazos y acercó su boca a mi oído.

—¿Estás cansado?

Me volví.

—Puedo aguantar —le dije.

—Nos vamos cuando quieras.

—No tengo prisa.

—Vale.

Se sentó junto a Clara y a mí, y mi cansancio se desvaneció.

Cuando salimos de la cochera, estaba totalmente espabilado. Monté detrás de Teisa en la moto y me agarré a ella para no caerme.

Al llegar a casa repetimos el rito de la visita al frigorífico, a pesar de que Teisa tenía cara de cansada. Y entonces ocurrió algo a lo que al principio no le dimos importancia, pero que iba a precipitarlo todo.

Yo llevaba el chaquetón en la mano y, al ir a dejarlo en la silla de la cocina, eché mano al bolsillo, de manera instintiva, para sacar el móvil. Es un movimiento reflejo que hago siempre, esas cosas que se hacen sin pensarlas: sacar el móvil del bolsillo y dejarlo a la vista. Así que puse el teléfono sobre la mesa. Teisa me miró y me preguntó extrañada:

—¿No dijiste que habías perdido el móvil?

—No lo perdí, lo tiró Héctor por la ventanilla —le respondí con gesto de fastidio—. Ya sabes cómo es Héctor.

Y solo en ese instante me fijé en el móvil que yo mismo había sacado de mi bolsillo.

—¿Entonces...? —preguntó Teisa señalándolo.

Tenía razón. Si yo no tenía móvil, ¿qué hacía aquel teléfono allí? Me sonrojé.

—No es mío —le dije muy apurado.

Teisa lo examinó sobre la palma de su mano. Sonrió.

—Es el de Clara.

—Te juro que no se lo he robado —le dije medio en broma, medio en serio.

—¿Estás tonto? —me dijo riendo—. ¿Quién ha dicho que se lo has robado?

—Seguramente me lo habré echado al bolsillo por la costumbre. Siempre estoy con el móvil en la mano. Es como si fuera una tercera mano.

—Seguro...

—De verdad que yo no...

—No digas más tonterías. Ya sé que no eres un ladrón. Mañana se lo devolvemos y punto.

—La pobre estará preocupada pensando que lo ha perdido.

—Bueno, míralo de esta manera: cuando mañana lo recupere se llevará una alegría de las buenas.

—¿No vas a llamarla ahora para decírselo?

Sacó su móvil del bolsillo y lo dejó sobre la mesa:

—No tengo batería.

Capítulo doce

Aquel jueves, primer día del largo puente, amaneció con neblina. Pasé la noche inquieto, como si presagiara lo que iba a ocurrir. Héctor se había marchado ya cuando me desperté. Me duché deprisa para ir cuanto antes a la casa de Teisa. Ni siquiera tuve paciencia para esperar a que llegara el agua caliente a la ducha. Mientras me vestía, eché un vistazo por la ventana y vi algo que me intranquilizó.

Un coche de la policía local acababa de detenerse frente a la casa de Teisa y dos agentes bajaban del vehículo. Se acercaron a la puerta principal y llamaron con parsimonia. Me sequé el pelo apresuradamente con la toalla. Tenía curiosidad por saber qué querían. Por supuesto, no podía imaginar nada de lo que estaba pasando. Más bien creí que tenía que ver con Héctor y el Programa de Protección de Testigos.

Cuando entré en el salón, la escena que vi no me gustó. Los dos policías, en pie junto a la chimenea, hablaban con Martín y Ariché. Al verme, se callaron de repente. Teisa y Jorge estaban en la puerta de la cocina, observando en silencio. Todos se volvieron hacia mí. Eché un vistazo rápido por el salón y no localicé a Héctor.

—¿Qué pasa? —pregunté.

Temí que le hubiera ocurrido algo a Héctor. Eso fue lo primero que pensé. Quizá había bajado demasiado la guardia desde que habíamos llegado al pueblo. Lo que me quedó claro fue que la cara de Martín era de preocupación.

—Él es Enrique —les dijo a los policías señalándome, y supe que habían estado hablando de mí.

—¿Qué pasa? —volví a preguntar.

—Nada —respondió Ariché—. No tienes que preocuparte.

Uno de los policías dio unos pasos hacia mí. Estaba serio, como los demás.

—Anoche alguien puso una denuncia contra ti —me dijo en un tono neutro.

—¿Contra mí? ¿Por qué?

—Por el robo de un teléfono móvil.

—¿Clara me ha denunciado? —pregunté sin terminar de creérmelo.

—No ha sido Clara —me dijo Teisa con la voz rota—. Ha sido Corbalán.

No entendía nada de lo que estaba pasando. Miré a Teisa buscando una explicación. Pero ella había enmudecido.

—Ese chico dice que ayer tarde estuvo hablando contigo en un bar y que le quitaste el teléfono —dijo Martín.

—Es mentira —grité—. Yo no le quité nada. Vino a pedirme perdón...

—¿Te peleaste el sábado por la noche con él? —me preguntó uno de los guardias.

—Sí... Se metió con Teisa y...

—¿Le pegaste?

—Lo tiré al suelo y lo inmovilicé.

—Eso mismo dice él —continuó el guardia—. Tiene media docena de testigos. Pero además afirma que ayer tarde te cruzaste con él y lo amenazaste. Y luego le quitaste el móvil por la fuerza.

—¡Mentira! —grité enfurecido—. Ese tío miente.

En ese momento me di cuenta de que el policía llevaba en la mano el teléfono móvil que yo pensaba que era de Clara.

—Tranquilízate —me dijo Ariché—. No debes temer nada.

—Pero es todo mentira. Ese teléfono es de Clara. Seguramente me lo eché en el bolsillo sin darme cuenta. Teisa lo sabe. El mío... El mío... lo perdí.

Entonces oí la voz de Teisa muy débil, como si estuviera a punto de echarse a llorar.

—No es de Clara, es de Corbalán. Los dos móviles son iguales.

Miré a todas partes para disimular el agobio. Creo que perdí los estribos y empecé a insultar al maldito Corbalán como si lo tuviera delante de mis narices. Me resulta difícil reproducir el veneno que eché por la boca en cuestión de segundos. Todos me miraban asustados. Sé que mi reacción fue desproporcionada, pero así es como suelo reaccionar cuando algo me parece tan injusto como lo que me estaba pasando.

Ariché se acercó a mí para tranquilizarme, pero la detuve levantando las manos.

—Tranquilo, chico —me dijo uno de los policías.

—No me llamo chico. Tengo un nombre.

—Solo queremos que vengas al retén con nosotros para aclarar esto.

—No voy a ir a ningún sitio.

—Esta situación es muy desagradable para todos —continuó el policía—. Sería bueno que pusieras algo de tu parte. No te va a pasar nada por acompañarnos. Martín vendrá contigo.

—Hazle caso —me pidió Jorge muy apurado—. Anda, ve con ellos.

Me sentí acorralado. No sé qué pudo pasar por mi cabeza en ese momento para hacer lo que hice. Me di la vuelta, abrí la puerta y eché a correr. Lo único que pensaba era en correr, en huir de allí; huir sin mirar atrás, como me había enseñado Héctor.

Recuerdo las horas siguientes como las más angustiosas de mi vida, más incluso que la huida en el coche de mamá. No sabía bien lo que estaba haciendo. Mis piernas se movían sin que mi cerebro les diera ninguna orden. Corría y corría, y no sentía el cansancio. Ni una sola vez volví la cabeza para comprobar si me seguían. Si lo hubiera hecho, me habría dado cuenta de que nadie venía detrás de mí. Me dirigí a la pinada que había detrás de las casas, corrí por caminos, por senderos, otra vez por caminos. A ratos corría campo a través. Era la rabia la que me empujaba. No era miedo a que me llevaran al cuartel, a que me interrogaran, ni siquiera a que me detuvieran. No era eso. Era la rabia. Pensaba en Corbalán, y la rabia les daba más fuerza a mis músculos.

Imposible saber cuánto tiempo estuve corriendo.

Si dejé de hacerlo fue porque los pulmones me dolían por el aire tan frío, no porque me fallaran las piernas. No sabía dónde estaba. Tampoco me importaba, esa es la verdad. Quería estar lo más lejos posible, donde fuera, pero lejos. No me senté. Seguí caminando. De vez en cuando me paraba, me apoyaba en un árbol y le daba una patada, furioso. Maldecía una y otra vez a aquel matón de Corbalán. Y, sobre todo, me sentía un estúpido por haber caído en su trampa. Supuse que en ese preciso momento estaría partiéndose el pecho de risa con sus colegas, contándoles lo que había hecho: «Me acerqué y le pedí perdón, y el muy infeliz me dijo "estamos en paz" y me apretó la mano, menudo panoli, y mientras tanto yo le colaba el móvil en el bolsillo del chaquetón». Cuanto más lo pensaba, más me indignaba.

No miré atrás ni una sola vez. Cuando quise darme cuenta, estaba junto al río. Reconocí el paraje e inmediatamente acudió a mi cabeza la imagen de Teisa. ¿Qué estaría ella pensando de mí? Seguramente no entendería mi reacción. Eso me hacía sentir más rabia. Bueno, era más bien una mezcla de rabia y vergüenza. ¿Y Héctor?, ¿qué pensaría Héctor cuando se enterase? No quería ni siquiera pensar que aquel incidente pudiera poner en peligro su seguridad. ¿Y si ahora la policía se ponía a investigar al extraño huésped de Martín? Héctor ni siquiera tenía documentación. Eso podría complicarle mucho las cosas.

Todo eso era lo que pasaba por mi cabeza. Mis piernas iban por un sitio y mi mente por otro, y no coincidían en ningún momento. No tardé en darme cuenta de que mis pasos me llevaban por el mismo camino que Teisa y yo habíamos recorrido unos días antes. Al cabo de un tiempo reconocí entre los árboles la casa solariega donde había nacido Martín. No había muchos sitios adonde ir.

Me acerqué y busqué algún corral o un granero que estuviera abierto. Entonces recordé algo y encontré enseguida la solución. Subí por la reja de la fachada principal y me encaramé al balcón. No fue difícil. Una vez arriba, empujé la puerta y, después de un par de intentos, cedió. Recordaba el detalle de que, cuando Teisa y yo habíamos tratado de cerrarla, no pudimos porque la madera estaba hinchada.

Bajé a oscuras hasta la primera planta y busqué las cerillas en el mismo cajón del que las había cogido Teisa. Encendí la vela y contemplé con desasosiego aquella habitación rústica: una mezcla de salón y cocina, con una chimenea muy alta que ocupaba toda la pared.

Sin reloj y sin móvil, había perdido la noción del tiempo. Recorrí varias veces la casa y curioseé por los dormitorios. Procuré no tocar nada. No sabía qué hacer. Bueno, sí: cualquier cosa, menos regresar. Cuando me senté en el suelo, me di cuenta de lo cansado que estaba.

Es imposible saber cuánto tiempo estuve dormido. Al despertar me dolían la espalda y el cuello por la postura. Además, tenía hambre. Por supuesto, no había nada para comer en aquel sitio. Conforme pasaban las horas, más seguro estaba de que no quería volver a casa de Martín y Ariché. A ratos me sentía avergonzado por haber huido así, como un crío, pero después me acordaba de Corbalán y me volvía la rabia. Y mientras pensaba una cosa y la otra, empecé a agobiarme. Veía el sol bajar hacia las montañas, oía el sonido de mis tripas y no dejaba de preguntarme: «¿Y ahora qué hago?».

Tomé la decisión de no hacer nada más que dejar que pasaran los días, las semanas. Pensé en la posibilidad de vivir de lo que encontrara en la naturaleza. Sí, lo sé, es absurdo. Alguien que no sabe diferenciar un alcornoque de una encina no podría sobrevivir en un sitio así.

No quería pensar en la llegada de la noche. No soy miedoso, pero la idea de la oscuridad y de la soledad me inquietaba. Cuando vi las primeras sombras del atardecer, salí al campo. Todavía había algo de luz, pero hacía demasiado frío y volví a encerrarme en la casa.

Pasé la mayor parte de la noche despierto, acurrucado en un sofá antiguo y tapado con algo parecido a una manta que no sabría definir. Fue muy duro pasar la noche allí. Oía ruidos de todo tipo y por todas partes, dentro y fuera de la casa. Estaba cansado y, sin embargo, no podía cerrar los ojos. Me arrepentí muchas veces de mi comportamiento, pero llegué a la conclusión de que ya no había marcha atrás. No podía presentarme de nuevo en casa de Teisa, con la cabeza agachada, como el niño travieso que reconoce que se ha portado mal. Eso era más de lo que estaba dispuesto a soportar. Prefería pasar frío, hambre; sufrir el cansancio, el insomnio. A veces los párpados se me cerraban; entonces me aparecía la imagen de Corbalán en aquel bar tendiéndome la mano, y los ojos se me abrían de par en par. No puedes imaginarte cuánto llegué a odiar a aquel matón en esos momentos. Habría sido capaz de hacer cualquier disparate si lo hubiera tenido enfrente. Por suerte, de mamá he aprendido que no hay que hacer nada cuando uno está enfadado, ni tomar decisiones en caliente. Me lo decía muchas veces, cada vez que tenía un problema en el insti, aunque por un oído me entraba y por otro me salía. Sin embargo, en aquel momento me vino a la cabeza su consejo. Ella decía, también, que había que contar hasta diez antes de dejarse llevar por un arrebato de rabia. Yo conté hasta cien, hasta mil; me pasé la noche contando. Finalmente el frío fue tan desagradable que me olvidé del dichoso Corbalán.

Calculo que habría dormido más o menos media hora cuando amaneció. Me levanté, di un paseo por la casa y salí al campo. Hacía un día espléndido; nada que ver con las nieblas del día anterior. Tenía tanta hambre que las piernas me temblaban. Me puse al sol y me sentí revivir. Eché fuera todo el frío que había cogido durante la noche. Poco a poco fue apoderándose de mí una enorme modorra y entré de nuevo en la casa. Me eché en el sofá y, ahora sí, me quedé profundamente dormido a pesar del ruido que hacía mi estómago.

No podría precisar cuánto tiempo dormí; quizá dos o tres horas. Me despertó un ruido metálico. Abrí los ojos y no sabía dónde estaba. Tardé unos segundos en reconocer el lugar y recordar lo que había sucedido. El ruidito persistía. Me quedé inmóvil. Y entonces oí mi nombre. Enseguida reconocí la voz de Teisa. Me incorporé de un salto y la vi enfrente de mí, con una mochila a la espalda y el chaquetón abierto. Permanecí callado.

—¿Estás bien?

Asentí con la cabeza. Ella se acercó a la ventana y abrió una de las hojas de la contraventana. Entró el sol de la mañana, y el oscuro salón se llenó de luz.

—¿Cómo me has encontrado?

Teisa sonrió.

—Pura intuición.

Pensé que empezaría a echarme cosas en cara, que me diría que me había comportado como un estúpido. Pensé que me pediría que volviera inmediatamente. Pero no hizo nada de eso. Despejó una pequeña mesita, se sentó y colocó la mochila entre las piernas. Luego fue sacando cosas y colocándolas sobre la mesa: pan, jamón, salchichón, agua, varias latas y un termo. Todavía me relamo al recordarlo. Me abalancé sobre la comida y me puse a devorarlo todo como si hiciera una semana que no hubiera probado bocado. Ella me observaba con una sonrisa disimulada.

—No te cortes —me dijo cuando me detuve para mirarla—. Es todo para ti.

—¿No quieres probarlo? —dije sin saber muy bien de qué hablar.

—No, yo ya he comido en casa.

Dejé de engullir para que no pensara que era un animal, no porque ya no tuviera más hambre. Allí había comida para varios días.

—¿Mejor ahora? —me preguntó.

—Sí, mucho mejor.

Teisa se levantó y dio una vuelta por la habitación.

—¿Dónde has dormido?

Le conté cómo había pasado la noche.

—Tenías camas arriba —me dijo.

Luego se quedó callada y yo comencé a sentirme incómodo. Casi habría preferido que estuviera enfadada y me hiciera reproches. Cuando ya no pude soportar más tanta normalidad, le dije:

—Si te han mandado para convencerme de que vuelva, será mejor que te vayas.

—No he venido a convencerte de nada. Solo he venido a traerte comida y a ver cómo estás. Nadie sabe que estoy aquí, ni lo sabrán si tú no quieres.

—Pues no quiero que lo sepa nadie —le dije enfadado.

—Bien, si te molesto me marcho.

Teisa hizo un intento de levantarse y la agarré del brazo.

—Espera, no te vayas —le dije—. Perdóname por ser tan desagradecido.

Le apreté la mano.

—Perdonado.

Guardó silencio un rato y después dijo:

—¿No vas a contarme por qué saliste corriendo así?

Cerré los ojos. Por una parte estaba deseando contárselo, pero por otra era tanta la vergüenza que me daba que no sabía por dónde empezar. Me puse en pie y caminé de un extremo a otro de la habitación, tratando de encontrar la manera. Entonces me detuve enfrente de ella y dejé que las palabras salieran solas.

—Por rabia, Teisa. Me fui por rabia.

—Corbalán no merece que estés rabioso por su culpa.

—Es que no estoy rabioso solo por él.

—¿Entonces?

—Hay más cosas que tú no sabes.

Teisa me miró con curiosidad. Deduje que espera-ba escuchar una gran revelación. Y, es verdad, lo que iba a decirle era muy importante, pero no lo que ella imaginaba, seguro.

—Te he mentido —empecé diciendo muy despa-cio—. Te he mentido a ti, a tu hermano, a tus amigos, a todo el mundo.

—No te entiendo.

—Soy un mentiroso, un farsante. El único que sabe la verdad es Héctor.

Teisa parecía asustada. Seguramente temía que fuera a contarle alguna barbaridad. Su cara de preocupación me angustió aún más de lo que ya estaba. No sabía qué decir, pero ya era demasiado tarde para echarme atrás.

—No estoy en cuarto, ni soy un buen estudiante, ni creo que pueda ir a la universidad, ni existe ninguna Carolina. Os he mentido a todos, y a ti a la que más. Estoy haciendo segundo, he repetido dos años. Mis amigos de toda la vida no me soportan porque soy un borde y un tocapelotas. El único que me aguanta es Víctor; ya sabes quién es. Las chicas de mi edad no quieren ir conmigo porque dicen que soy problemático. Lo único que me interesa es el yudo. Sí, no me mires así, ya sé que no te gustan los tipos de gimnasio; oí cómo se lo decías ayer a Clara en ese bar. El yudo es mi vida, porque es lo único que sé hacer bien. Para todo lo demás soy nulo. El comecocos dice que no tengo habilidades sociales. Y digo yo que será verdad, porque los amigos me duran tres cuartos de hora. En cuanto empiezo a mentir y a ser borde, huyen de mí como de la gripe esa de los pollos o de los pájaros. No pongas esa cara. Es verdad. Mis profesores no me soportan, mi madre no me soporta, ni siquiera creo que Héctor me soporte.

—No es verdad —me interrumpió—. Héctor está muy orgulloso de ti.

—¿Y tú qué sabes?

—Lo sé y punto.

—Bueno, pues al principio te aseguro que no me soportaba. Ni yo a él. —Respiré profundamente y continué hablando—: Yo era un chico normal hasta hace cinco años. O eso dicen todos, porque ya no estoy seguro de haber sido normal alguna vez. Pero ya sabes que hace cinco años a mi padre lo mataron en un campo de fútbol.

—Sí, ¿y qué?

—Eso le jodió la vida a mi madre y me la jodió a mí. Desde entonces mi madre y yo somos dos extraños. Ni yo la entiendo a ella, ni ella me entiende a mí. Sé que la hago sufrir constantemente, pero también yo sufro. Y de paso hago sufrir a todos los que están a mi alrededor.

Teisa me escuchaba sin interrumpirme, lo que me animó a seguir. Le conté cómo era mi vida, cómo me levantaba cada día sin planes, excepto el gimnasio. Solté por mi boca todo lo que llevaba guardado dentro durante tanto tiempo. Levanté la voz, hablé casi en susurros, volví a gritar y, finalmente, me fui quedando sin fuerzas y me dejé caer al suelo. Me senté con la espalda apoyada en la pared, flexioné las piernas y apoyé la cabeza en las rodillas, derrotado. Teisa no se había movido del sitio.

Y de pronto empecé a sentirme ligero, como si mi cuerpo no pesara. El cansancio desapareció. Pensé que, si me levantaba y daba un salto, podría echar a volar. Jamás había sentido, creo, nada semejante. El aire que entraba en mis pulmones me hacía sentir bien, como si fuera un aire más limpio de lo normal.

Teisa se puso en pie, se acercó y se sentó a mi lado. Me tomó la mano y estuvo un rato callada. Finalmente dijo:

—Comprendo lo que hiciste con Corbalán. Al principio me enfadé, porque nunca he soportado a la gente que emplea la fuerza bruta. No me gustan los tíos de gimnasio, es verdad.

—¿Los tíos como yo, quieres decir?

—No es lo mismo ir a un gimnasio que ser un tío de gimnasio.

—¿No?

—No te hagas el tonto. Tú lo sabes. También comprendo que salieras huyendo de casa. Yo me habría quedado allí clavada como un pasmarote, y habría ido al retén de la policía como un corderito. Habría explicado todo lo ocurrido con Corbalán. Y luego habría pedido perdón. Tú te rebelaste. Eso me gustó.

—Y ya ves para lo que ha servido.

—Ha servido para mucho. —Me apretó la mano y me dijo—: ¿De verdad que no existe Carolina?

La miré sin entender a qué venía la pregunta.

—Sí existe.

Me soltó la mano y yo se la volví a agarrar.

—Quiero decir que existe una Carolina, pero no

estoy saliendo con ella, ni es mi chica, ni nada de eso que te conté.

—¿No?

—Pues no. Me gustaba mucho. Bueno, antes. Hace un año o así le pregunté si quería salir conmigo y me dijo que ya estaba saliendo con otro tío, con Pacheco, que me cae como una patada en el trasero.

Teisa se rio y dijo:

—¿Se te adelantó?

—Sí, pero ahora me alegro.

—Yo también me alegro. Me cae bien, ¿sabes?

—¿Quién? ¿Carolina?

—No, el Pacheco ese.

Nos echamos a reír. A continuación Teisa se acercó y me besó, primero en la mejilla y luego en los labios. No era mi primer beso, pero nunca había sentido nada como aquella vez. Me empezaron a temblar las manos y ella se dio cuenta.

—¿Qué te pasa?

—No lo sé. No puedo controlar el temblor.

—Yo tampoco.

—¿Te tiemblan las manos? —le pregunté.

—No, las rodillas.

—Eso es peor.

Volvimos a reír. Me habría gustado hablar contigo alguna vez de estas cosas... Quiero decir, preguntarte cómo fue tu primer beso, cuándo te enamoraste por primera vez, en fin, todo eso, ya sabes. Por ejemplo, yo no sé cuándo os conocisteis vosotros, ni cuándo os hicisteis novios. No sé nada de eso. Supongo que todos los padres, cuando fueron jóvenes, sintieron cosas parecidas a las que sienten los hijos. Y si alguna vez tengo hijos, seguramente sentirán algo así como lo que sentí cuando Teisa y yo nos besamos por primera vez. ¿Eso es estar enamorado? Ya sé que no me vas a responder, pero te lo pregunto igualmente.

Durante mucho rato no pensé en nada que estuviera más allá de Teisa. Lo único que quería era estar con ella y que me hablara. Al contrario de lo que pensaba yo, Teisa no se sintió decepcionada cuando le conté detalles de mi vida y de mis estudios. De vez en cuando movía la cabeza como si lo que le contaba no le gustara, pero no hizo ningún comentario. También ella me contó muchas cosas que yo no sabía.

Y cuando llevábamos no sé cuánto tiempo hablando, me dijo:

—Ahora será mejor que volvamos a casa.

La miré como si no entendiera sus palabras.

—No voy a volver nunca.

—¿De verdad? ¿Te vas a quedar a vivir aquí? A mí me encantaría. Podría venir a verte cada día, o cada fin de semana, depende de los exámenes. Te traería la comida. Hablaríamos, pasearíamos. No estaría mal vivir así... ¿Cuánto?, ¿un año?, ¿diez?, toda la vida mejor.

—No te burles, estoy hablando en serio.

—No me estoy burlando, solo intento que pienses un poco lo que dices.

—Ya lo hago.

—¿Y qué es lo que te da miedo?

—Nada.

—Mejor, porque no tienes nada que temer. Nadie te

194

va a llevar al retén. Nadie te va a interrogar. La denuncia de Corbalán se ha vuelto contra él.

Teisa me contó lo que había sucedido. En cuanto les explicó a los policías lo que ella suponía que había pasado con el teléfono, ataron cabos. Teisa relató exactamente lo que había ocurrido en el Bar Nemesio, o Gervasio, qué más da. Además, uno de los policías era el padre de Ferrán, el amigo de Jorge. Su hijo, al parecer, había contado en casa maravillas sobre mí. Al enterarme sentí algo parecido al orgullo. Es, supongo, lo que el comecocos al que me llevaba mamá llamaba «autoestima».

—Poner una denuncia falsa es un delito —dijo Teisa—. Ahora Corbalán tiene un problema.

—Es igual, no voy a bajar todavía. Antes tengo que hacer algo.

Se quedó pensando un rato antes de decir:

—¿Y no vas a contármelo?

—Por ahora no. Confía en mí. No volveré a pasar otra noche aquí, pero todavía no es el momento de volver a casa.

—Nadie te va a hacer preguntas en casa, ni tendrás que dar explicaciones.

—Me da igual. Lo único que quiero es que les digas que estoy bien y que no deben preocuparse por mí.

—Eso es difícil. Todos están preocupados. Héctor se siente culpable.

—Dile que no lo defraudaré. Te prometo que esta noche estaré con vosotros.

Me costó trabajo convencer a Teisa para que volviera a casa. Insistía en quedarse conmigo. Pero eso significaba una preocupación más para su familia. La hice entrar en razón, aunque ella no lo consiguió conmigo. Para convencerla decidí acompañarla hasta que estuvimos cerca de su casa.

Luego me despedí.

—¿No vas a decirme adónde vas?

—Al pueblo —le dije—. Tengo un asunto pendiente y debo resolverlo yo solo.

—Por favor, no hagas ninguna tontería.

—No soy tan estúpido como parezco.

—No pareces estúpido.

Antes de despedirnos me dio un abrazo, me besó y me dijo algo que me da vergüenza reproducir aquí, porque quizá pueda sonar cursi. A mí no me lo pareció, pero eso queda para la intimidad. Espero que no te moleste.

Capítulo trece

Cuando llegué al pueblo ya había anochecido. Después del frío que había pasado la noche anterior, aquello me pareció un paraíso tropical.

Creía que empezaba a tener las ideas claras —por supuesto estaba equivocado—, pero no sabía bien cómo iba a ponerlas en práctica. Lo primero que hice fue dar una vuelta por el pueblo para que se me pasara la alteración. Si hubiera tenido a Corbalán delante en ese momento, habría sido capaz de cualquier disparate. A pesar de todo, conseguí tranquilizarme. Estuve un rato sentado en el mismo banco de la primera noche, cuando conocí a los amigos de Jorge. Aunque no me apetecía demasiado encontrarme con nadie, tampoco pensaba huir si veía una cara conocida. Había gente por todas partes. Se notaba la animación del puente festivo. Comí unas galletas que me había llevado Teisa a la casa de campo. Nadie reparó en mí; cada uno iba a lo suyo. Esa sensación de invisibilidad me gustó y me dio ánimo para seguir.

Me tomé mi tiempo para pensar; tiempo era lo que me sobraba. Cuando me cansé de dar vueltas por el pueblo, entré en los billares. Tenía la corazonada de que Jorge estaría allí, pero me equivoqué. Sin embargo, encontré a Soto y a Ferrán enfrascados en una de sus «emocionantes» partidas. Pinilla hacía de espectador. Jugaban tan concentrados que no me vieron hasta que pasó un rato. Pinilla levantó la cabeza y después alzó también los brazos como si hubiera visto un fantasma o algo así. Enseguida Ferrán soltó el futbolín y se lanzó a abrazarme. Faltó poco para que me tirase al suelo.

—¡Estás vivo! —me gritó como si fuera el personaje de un cómic, y le pedí que hablara más bajo—. Estás vivo —repitió entonces con un susurro en mi oído.

—Pues claro que estoy vivo —le dije mirando a todas partes—. ¿Quién te había dicho que había muerto?

—Nadie, pero estábamos preocupados.

—¿Por mí?

Soto lo apartó para abrazarme.

—Sabemos lo que hizo ese miserable —añadió Ferrán.

Volví a pedirle que bajara la voz.

—Será mejor que no llamemos la atención. ¿Y Jorge?

—No ha querido salir. Está en su casa, esperando a que vuelvas.

—¿Y se va a perder vuestro maravilloso campeonato?

—Es solo un entrenamiento —dijo Pinilla.

Empezaron a hacerme preguntas los tres al mismo tiempo. Insistí en que se calmaran.

—Ese Corbalán es un miserable —insistió Ferrán—. Dice mi padre que lo que ha hecho es un delito.

—Lo sé.

—¿Vas a denunciarlo?

—No puedo.

—¿Por qué?

—Porque eso me traería problemas a mí y a alguien a quien aprecio mucho.

—¿Qué tipo de problemas?

—Sería largo de contar. Además, no creo que vayáis a creerme. Ahora tengo otros planes y quizá vosotros me podáis echar una mano.

Se miraron unos a otros, como siempre, y decidieron con la mirada quién debía dar la respuesta. Creo que fue Pinilla el que dijo:

—Eso está hecho. ¿Quieres que llamemos a Jorge?

—No. Lo que quiero es que me ayudéis a encontrar a Corbalán.

Los tres hicieron de espías para mí aquella noche. Primero salió Pinilla en avanzadilla y volvió al cabo de un rato con la información que le había pedido: Corbalán no estaba en el bar de Nemesio, o Gervasio —algún día me lo aprenderé, seguro—. Después salió Ferrán con el mismo encargo: tampoco el matón estaba en el Centro Social. Y por último Soto, que volvió al cabo de un rato con la noticia de que había localizado a Corbalán en el descampado donde se organizaba el botellón. El matón estaba de *party* con sus colegas.

—Ahora necesito que me hagáis un último favor —dije mirándolos uno a uno.

—Por supuesto.

—Quiero que os quedéis aquí y sigáis con vuestras partidas como si no me hubierais visto.

Una vez más los tres se miraron en aquel divertido intento de adivinarse el pensamiento.

—¿No quieres que te acompañemos?

—No.

—Quizá necesites ayuda.

—Esto debo solucionarlo yo solo.

—¿Y cómo lo vas a hacer?

—Todavía no tengo más que una ligera idea.

Me costó trabajo que me hicieran caso. Al final conseguí que se quedaran más o menos convencidos.

Aquella noche había poca gente en el descampado del botellón. Quizá era demasiado pronto. Vi unos cuantos coches y algunas motos, pero menos que la primera vez que había estado allí. La música de cada tribu se mezclaba con las otras. Hacía demasiado frío para estarse quieto. Por eso algunos bailaban y otros hacían extraños movimientos que desde la distancia me recordaron a los zombis de la película *La tierra de los muertos vivientes*, que tanto le gusta a Víctor.

Di una vuelta procurando no llamar la atención y no me costó trabajo localizar a Corbalán. Estaba con sus amigotes. No me pareció preocupado en absoluto, sino que se lo estaba pasando en grande con sus bravuconadas. Su risa se oía por encima de la música. Me mantuve a suficiente distancia para que no pudieran verme. Todo jugaba a mi favor. No era más que cuestión de tiempo y saber esperar. Eso no se me ha dado nunca bien, pero en esa ocasión hice un esfuerzo consciente de que, si me dejaba cegar por la rabia, llevaba todas las de perder. Aun así, me costó trabajo.

Busqué un lugar estratégico para vigilar a Corbalán sin que me viera. Fue fácil. Nadie me prestaba atención. Desde lejos podía distinguir los aires que gastaba aquel tipo. Todos le reían las gracias como al líder indiscutible. Si supieras lo poco que me gustan los líderes. De vez en cuando, Corbalán le echaba el brazo por encima a alguna chica y le decía algo al oído. Veía sus caras divertidas, la mímica de sus carcajadas. A lo mejor Corbalán era un cómico que no había descubierto aún su vocación. O a lo mejor no era más que un tonto que se creía gracioso.

Mientras lo estudiaba ejerciendo de líder de la manada, planeé mil cosas que luego no hice, porque cuando más concentrado estaba se me presentó la oportunidad que deseaba.

Inesperadamente Corbalán se apartó del grupo y se alejó hacia una zona un poco más oscura, adonde no llegaban las luces interiores de los coches abiertos. Lo seguí con la mirada sin moverme del sitio. Parecía un robot de juguete al que le acabaran de poner pilas nuevas. Lo perdí de vista. Enseguida me di cuenta de que había ido directo al «meadero», un poco apartado de los coches y con árboles que sobrevivían milagrosamente al continuo riego de las tribus. Sin perder más tiempo, di un pequeño rodeo y me acerqué hasta el árbol que Corbalán estaba empezando a regar. Estaba apoyado con una mano en el tronco, confiado y sin imaginarse la que se le venía encima.

—Vaya, vaya, a quién tenemos aquí —le dije después de situarme detrás de él.

El matón volvió la cabeza con cierto esfuerzo y

buscó en la oscuridad el punto de donde salía mi voz. Le costó trabajo identificarme.

—¿Qué haces tú aquí? —me preguntó entre bravucón y sorprendido.

—¿A ti qué te parece?

—Lárgate —me dijo.

—¿Me vas a echar tú?

Corbalán se subió la bragueta y se volvió hacia mí.

—No quiero líos —me dijo en un tono más moderado.

—Yo tampoco. He venido a pedirte perdón.

Imagino que se quedaría desconcertado. Yo podía intuir su gesto en la oscuridad, pero no podía leerle el pensamiento, en el caso de que estuviera pensando algo. Más bien creo que se le habían congelado las ideas.

—No tengo nada que perdonarte —replicó al cabo de unos segundos—. Estamos en paz.

—Sí, eso creía yo también. Por lo visto, estaba equivocado.

Corbalán hizo un amago de marcharse, pero reaccioné deprisa y le corté el paso. Se quedó clavado en el sitio, sin saber qué hacer.

—No tienes nada que temer —le dije en tono conciliador—. No voy a romperte esa narizota que tienes, aunque es lo que te mereces.

Entonces hizo algo para lo que yo estaba preparado desde el primer momento. Se abalanzó contra mí con todas sus fuerzas y me embistió como un toro, agachando la cabeza para golpearme en el pecho con unos cuernos imaginarios. Fue un movimiento torpe, guiado por la desesperación. Me aparté ligeramente y esquivé su embestida. Al pasar junto a mí, le puse la zancadilla y el grandullón rodó por el suelo. Cayó mal. Incluso a mí me dolió el golpe solo de verlo.

—Te vas a hacer daño —le dije sin moverme del sitio—. ¿De verdad crees que eres tan listo?

—¿Qué quieres? —me preguntó desde el suelo.

—¿Decirte lo que pienso de ti? —le pregunté con toda la ironía con la que fui capaz—. ¿Te parece bien?

—Sí, dilo y márchate.

Eso es lo que él habría querido, que me marchara ya. Si embargo, mis planes eran otros muy diferentes.

—No creo que me diera tiempo a terminar de decírtelo antes de que se hiciera de día. Además, no creo que te gustara oírlo.

Entonces me pasó una cosa extraña sobre la que he pensado muchas veces. De pronto me vino a la cabeza la imagen de mamá. Era como si estuviera viendo una película antigua. Ella paseaba por un parque y al lado caminaba un hombre. Iba agarrada a su brazo. Yo lo veía todo como si fuera detrás de ellos. En un momento el hombre se volvió hacia mí y le vi la cara. Y en ese instante supe que eras tú. Me sonreíste. Era tan real que parecía que estuviera sucediendo en ese instante. Me gustó y me desagradó a la vez. Por eso te digo que fue muy extraño.

Al principio sentí deseos de echar a correr y olvidarme de Corbalán. Pero no me moví del sitio. A pesar del frío, noté un fuego que me quemaba dentro del pecho. Por mi cabeza pasaron en cuestión de segundos, como fotos a mucha velocidad, las imágenes de muchos líderes, de muchos matones como Corbalán a los que había conocido en los últimos años. No soporto a esa gente que me ha amargado la vida en el instituto al cerrarme las puertas, o mejor dicho, sus puertas. Estaba viendo a Corbalán, tirado en el suelo, y estaba viendo a todos ellos arrastrándose como él. Tuve un momento de serenidad y me pregunté qué habrías hecho tú en una situación como aquella, con un tipo a tus pies al que odias, rendido y humillado. ¿Le habrías dado una patada en la boca?, porque precisamente eso era lo que yo deseaba hacer en aquel instante. No, tú no lo habrías hecho. Pero tú estabas muerto y el que sentía la rabia era yo. Tenía que decidir por mí mismo. Levanté el pie para patear a Corbalán, pero me contuve en el último momento. No sé si fue una debilidad por mi parte, o todo lo contrario. Él debió de adivinar mi intención, porque se cubrió la cabeza con los brazos para protegerse.

Estaba rabioso. Pero mi rabia ya no era contra aquel infeliz al que tenía dominado. Era por otra cosa que no quería reconocer y que seguramente aún no era capaz de comprender.

Una idea me cruzó muy deprisa el pensamiento.

—Quítate la ropa —le grité como si alguien me dictara lo que debía decirle.

—¿Cómo?

—Que te la quites.

—¿Estás loco?

Aquello me enfureció más. Volví a levantar el pie para golpearlo y Corbalán se puso a suplicarme.

—Empieza a desnudarte —le grité—. El chaquetón, el jersey, la camisa, los zapatos.

Era yo el que hablaba, a pesar de que no reconocía mi voz.

Supongo que Corbalán estaba asustado de verdad, porque me obedeció sin rechistar.

—Los pantalones —le grité cuando vi que se detenía.

Hizo un gesto de desesperación y protestó con un bufido. Se incorporó e hizo un amago de echar a correr. De nuevo me anticipé y le corté el paso.

—Ni se te ocurra —le dije—. Quítate los pantalones si no quieres que te los quite yo.

Estaba tan cerca que pude leer el miedo en sus ojos. Seguramente él vio en mí lo que yo no quería ver, que estaba fuera de control, enloquecido. Eso era lo que me pasaba. Pretendía dejarlo desnudo, hacerlo salir al descampado y correr entre las tribus gritando «soy un capullo».

Y precisamente en ese momento volví a ver tu rostro. Pero ahora no sonreías. Estabas serio, como si aquello que estabas viendo no te gustara. Sentí una enorme tristeza al verte así.

—¿Qué harías tú? —te grité con todas mis fuerzas—. Dime qué harías, por favor.

Corbalán me miraba como quien mira a un loco.

—Te dejaría marchar —me dijo con un hilo de voz.

—No estoy hablando contigo —le grité.

Pensaba muy deprisa, incapaz de tomar ninguna decisión. Me había quedado paralizado. Algo dentro de mí me pedía que le diera un escarmiento a Corbalán. Pero al mismo tiempo veía tu rostro serio y me contenía.

—Déjame ir —me suplicó Corbalán.

Me tapé los oídos porque no quería oírlo.

—Dame tu móvil —le grité.

—¿Cómo?

—Que me des tu móvil. ¿Estás sordo?

Cuando me oyó gritar como un energúmeno, se agachó y buscó el teléfono en el bolsillo de su chaquetón. Me lo dio sin protestar y enseguida retiró la mano.

—Vístete —le grité, pero no se movió—. Que te vistas y te vayas.

Inmediatamente empezó a ponerse la ropa, tan deprisa que estuvo a punto de caerse al suelo. A cada rato me miraba como si temiera que fuera a cambiar de idea y a lanzarme sobre él para golpearlo.

—Si vuelves a molestar a Teisa o a quien sea, me convertiré en una pesadilla para ti —le dije entonces con una serenidad que incluso a mí me sorprendió—. ¿Entendido?

—Sí, entendido.

—Ahora márchate —le dije ya sin gritar cuando terminó de vestirse, y como Corbalán no se movía, insistí—: ¿No me oyes?

—¿Y el móvil? —me preguntó con descaro.

Me lo guardé en el bolsillo muy despacio, para que lo viera.

—Tendrás que ir a recuperarlo al retén de la policía. Voy a dejarlo allí, para que no te lo roben. Pásate cuando quieras a por él. Y de paso pones una denuncia contra mí y les cuentas lo que quieras. Puedes inventarte cualquier cosa. Yo diré que todo es verdad. Fíjate qué fácil te lo pongo.

A pesar de todo, Corbalán no se movía del sitio. Señalé con el dedo el lugar donde estaban sus colegas y solo entonces se dio la vuelta y se alejó despacio.

No me sentía orgulloso de lo que había hecho, pero me gustó descubrir que entre la valentía y la cobardía a veces apenas hay una delgada línea que las separa.

Volví a los billares. Allí estaban los tres esperándome. En cuanto me vieron, dejaron la partida y me atosigaron a preguntas. No les conté la verdad de lo que había sucedido. Tampoco les mentí. Únicamente les enseñé el teléfono y les pedí que lo entregaran en el retén.

—Podéis decir que lo habéis encontrado en la calle.

—Yo me encargo —dijo Ferrán—. Eso es pan comido.

—¿De verdad crees que irá a recogerlo? —preguntó Pinilla.

Sonreí. Ellos sonrieron también, sin necesidad, esta vez, de ponerse de acuerdo.

—Se aceptan apuestas —bromeé—. Y enseguida empezaron a apostar cosas disparatadas.

Lo cierto es que ganamos los cuatro: Corbalán —ahora lo sé— no pasó nunca por el retén de la policía local a reclamar su teléfono. Su valentía no daba para tanto.

Volví a casa de Teisa con muchas dudas y muy cansado. No sabía a ciencia cierta lo que me iba a encontrar allí. No me apetecía dar explicaciones, ni tampoco mentir.

Cuando entré, estaban todos en el salón como si fuera un funeral, quizá el mío. Lo único que dijo Héctor fue:

—Por fin.

No hubo apenas comentarios. Ariché se acercó a abrazarme. Jorge daba vueltas a mi alrededor, esperando su turno.

—Hoy te has perdido el entrenamiento —le dije.

Martín no paraba de sonreír. Y Teisa... Teisa se quedó sentada con una sonrisa que poco a poco se fue convirtiendo en lágrimas. No se atrevió a acercarse y abrazarme. Parecía asustada. O quizá era alivio lo que sentía. Cuando la abracé, me susurró algo al oído que no entendí.

—Ya se acabó todo —le dije.

Y ella sonrió y me dijo que sí.

Capítulo catorce

Los días siguientes los recuerdo como una mezcla de tranquilidad e incertidumbre. Sí, es una sensación difícil de explicar. No tuve que aguantar ningún reproche ni preguntas molestas. Eso me sorprendió y me gustó, claro, porque una de las cosas que más me fastidia desde siempre es tener que estar dando explicaciones de todo lo que hago.

El sábado por la mañana Martín organizó una excursión sin avisar. Se presentó en la cocina y anunció que nos íbamos todos a comer fuera.

—¿Adónde vamos? —le pregunté.

—Quiero que Héctor y tú conozcáis un sitio que es muy especial para mí.

Teisa y yo nos miramos procurando no hacer nada que nos delatara. Nos habíamos leído el pensamiento, creo.

Martín nos llevó a todos a la casa en la que había nacido. Pasamos allí la mañana y nos explicó cómo era en su infancia y cuánto había cambiado. Yo fingí, por supuesto, que era la primera vez que estaba allí. Me gustó mucho lo que nos contó. Más tarde Héctor y Martín comenzaron a contar anécdotas de la época en que te conocieron. Te mencionaron en varias ocasiones y cada vez que lo hacían me miraban.

Cuando emprendimos el camino de regreso, Héctor y yo nos quedamos un poco descolgados de los demás. Me daba cuenta, desde hacía un rato, de que él caminaba cada vez más despacio y, aunque al principio pensé que era porque se iba fijando en el paisaje, enseguida entendí que lo hacía a propósito para hablar conmigo a solas.

—Me marcho mañana por la noche —me dijo cuando menos lo esperaba.

Sabía que eso iba a ocurrir de un momento a otro, pero seguramente no quería aceptarlo.

—¿Tan pronto? —le pregunté.

—Declaro el lunes en el juicio. Van a venir a buscarme.

—¿Y cómo no me habías dicho nada?

—Porque no he encontrado la ocasión. No quería intranquilizarte.

—Me intranquiliza más que me lo digas así, de golpe.

Héctor me echó el brazo por encima y seguimos caminado.

—Lo lamento. Pensé que...

—¿Y qué va a pasar conmigo? —lo interrumpí.

—Tu madre vendrá el lunes a recogerte.

—¿Habéis hablado?

—Por *e-mail*.

—¿Y por qué no me ha dicho nada? Anoche estuvimos escribiéndonos.

—Anoche ella no sabía nada todavía. —Se detuvo

de nuevo y me miró a los ojos—. Quiero que sepas que estoy muy orgulloso de ti. —Sentí un cosquilleo en el estómago al oírlo—. Y tu madre también está orgullosa.

Después echamos a andar más deprisa para unirnos al grupo.

Héctor me explicó que aún no les había contado a los del Programa de Protección de Testigos dónde estábamos. Y pensaba mantenerlo en secreto hasta el último momento.

—Se lo diré unas cuantas horas antes de que tengan que venir a recogerme. Así nos aseguramos de que nadie se les pueda adelantar. Es mejor tomar precauciones.

—¿Y después?

—¿Qué quieres decir?

—¿Qué va a pasar después?

Héctor se tomó su tiempo para responder.

—Todo dependerá del resultado del juicio. Eso no se puede saber.

—¿Y no te volveré a ver?

—Por supuesto que sí.

—¿Me lo prometes?

—Te lo prometo. Además, tengo que compensarte por tu cacharro.

—¿Qué cacharro?

—Ese cacharro de móvil que se cayó por la ventanilla del coche.

—No se cayó, lo tiraste tú.

—Para el caso es lo mismo.

Vinieron a buscar a Héctor el domingo, como me había dicho. Al mediodía envió un *e-mail* a los del

Programa de Protección de Testigos, y cuatro o cinco horas después se presentaron dos coches de la policía. Todo ocurrió muy rápido. Aparcaron frente a la puerta de casa y nadie se bajó de los coches. Así era como lo habían acordado, como una especie de contraseña. Héctor salió, se acercó a uno de los coches y cruzó dos o tres frases con alguien. Luego montó y vi cómo se alejaban los dos vehículos. Sentí una tristeza enorme. Martín estaba a mi lado y cuando lo miré me dijo muy serio:

—Todo irá bien, no te preocupes.

—Lo sé —respondí.

El que peor llevó la marcha de Héctor fue Jorge. Él sentía y siente una gran admiración por su padrino. Yo también lo admiro, por supuesto.

Los dos días anteriores a su partida habían sido para mí muy importantes. Teisa sacrificó sus horas de estudio para estar más tiempo conmigo. Bueno, eso creí yo. Luego me confesó que cuando se iba a la cama repasaba un rato. No tiene remedio esta chica, pensé cuando lo supe.

Mamá llegó el lunes al mediodía, como me dijo Héctor que estaba previsto. Tuvo que pedir un día de sus vacaciones para venir a recogerme. Yo estaba nervioso. Me había pasado toda la mañana mirando por la ventana. Cuando Teisa y Jorge se marcharon al instituto, sentí una tremenda soledad. Martín y Ariché entraban y salían a cada momento, ocupados en su trabajo. Fue un alivio cuando vi a mamá que llegaba en un coche que no era el suyo. Salí a recibirla. Llevaba desde la noche anterior imaginando cómo sería el reencuentro, y al final resultó de lo más natural. Me abrazó, me besó y me preguntó cómo estaba.

—Bien —le dije—. ¿Y tú?

—Ahora bien, sí.

Tenía tantas cosas que contarle que no sabía por dónde empezar. Ni siquiera sabía si iba a ser capaz de empezar.

Ariché insistió en que nos quedáramos una noche más. Pero mamá quería regresar lo antes posible. Tenía ganas de volver a la normalidad, le dijo. Ellas dos no se habían vuelto a ver desde la boda de Ariché y Martín. Él, sin embargo, estuvo en tu entierro.

Cuando Teisa volvió del instituto, entró en casa con mucha timidez, todo lo contrario de como es ella normalmente. Se dieron dos besos y se dijeron algunas frases que a mí me sonaron de compromiso: «hola», «cómo estás», «me alegro de conocerte», y ese tipo de cosas. Teisa estuvo muy callada, como si le diera vergüenza. Qué raras son las chicas a veces.

—Estos dos se han vuelto inseparables —comentó Ariché señalándonos, y sentí que la cara me ardía.

No puedo decir que la despedida fuera triste. Fue más bien una sensación rara. Yo no hacía más que preguntarme qué iba a pasar cuando Teisa y yo siguiéramos cada uno nuestro camino.

Nos marchamos después de comer. Teníamos un largo viaje por delante y muchas cosas que contarnos mamá y yo. Después de tanto tiempo de no explicarnos nada, me sentía como si fuéramos dos desconocidos.

Ella al principio no se atrevía a preguntar. Pero yo lo que quería era eso, que preguntara, que rompiera el hielo. Tardamos bastantes kilómetros en decir algo que no fuera los tópicos de siempre, ya sabes, esas tonterías de las que muchas veces hablan los padres y los hijos y que no le interesan a ninguno de los dos.

—¿Qué tal la abuela? —le pregunté después de hablar del tiempo, del frío, del paisaje y de esas cosas que te digo.

—Bien, deseando verte.

—¿Y tú?

—También tenía ganas de verte.

—Quiero decir cómo estás tú.

—Bien, por supuesto.

—¿De verdad estás bien?

—Ahora sí, muy bien. No puedes imaginar cuánto.

—Sí, me lo imagino.

Después de la primera parada para echar gasolina, le pregunté directamente:

—¿Cómo os conocisteis papá y tú?

Ella apartó la vista de la carretera unos segundos para mirarme.

—¿Cómo nos conocimos? ¿De verdad quieres saber cómo nos conocimos?

—Sí, me gustaría.

Entonces me contó lo que tú ya sabes. Me habló de aquel día en que estaba lloviendo y ella no llevaba paraguas. Me habló de lo que pensó cuando os metisteis debajo de un paraguas minúsculo y os pusisteis los dos como una sopa. Ella no podía entender cómo un hombre tan grande llevaba un paraguas tan pequeño. Me contó algunas anécdotas más. Sí, de hecho habló como si le hubieran puesto pilas nuevas y no paró.

Hablaba y hablaba, y de vez en cuando le temblaba la voz. Creo que tenía ganas de llorar, aunque se contenía.

Entonces le pregunté a bocajarro:

—¿Cuándo supiste que estabas enamorada de él?

Y mamá me habló de un cosquilleo en el estómago —¿sentiste tú lo mismo?—, de la pérdida de apetito, de la intranquilidad cuando no te veía. Sí, esa intraquilidad seguramente era la que yo llevaba sintiendo unas horas. No me atreví a confesárselo, pero me alegré de reconocer los síntomas.

—Me gustaría invitar a Teisa a casa —le dije.

Sonrió y me pareció que lo había entendido todo. No hizo preguntas ni se metió en mi vida. Toda una novedad. Dijo que sí, que la invitara cuando quisiera.

No voy a decirte que la relación entre mamá y yo se normalizara ese día, ni siquiera que sea del todo normal ahora. Yo lo intento, pero no es fácil. Nos hemos llevado como el perro y el gato durante mucho tiempo, y eso no se cambia de la noche a la mañana. Como diría la abuela, tenemos nuestros días buenos y nuestros días malos. Algo es algo, porque antes eran todos malos, o casi todos.

Ahora sé que mamá también ha sufrido durante estos años un bloqueo, como yo. Eso antes no lo sabía, ya ves, como tampoco sabía que había estado yendo también al comecocos. Ahora ya no es un secreto.

Pero yo te estaba hablando del viaje de regreso a casa. Le confesé unas cuantas cosas. Le dije que mi relación con Héctor había cambiado mucho. Se alegró. Le hablé de Martín y de Ariché. Le conté, incluso, lo que había pasado con Corbalán. Al principio se puso

215

seria. Yo creo que no le gustó lo que había hecho. Sin embargo, me dijo:

—¿Por qué no lo cuentas?

—Te lo estoy contando, ¿no?

—Me refiero a escribirlo. ¿Por qué no lo escribes? Eso se te da bien.

—¿Y tú cómo lo sabes?

—¿El qué?

—Que se me da bien.

—Lo sé y ya está.

Me pareció que me ocultaba algo. Llegué a sospechar que tal vez había estado leyendo mis cosas a escondidas. Pero era imposible, porque todo está bien guardado en lugar seguro, mis libretas y la clave para entrar en el ordenador. Después pensé que quizá había hablado con mis profesores sobre mi afición a escribir. Víctor dice que es una afición que puede convertirse en un vicio. Es un exagerado, me parece a mí.

Por suerte tengo a Víctor ahí, para apoyarme. Él es mi mejor aliado. Aunque me haya propuesto darle un giro radical a mi vida, no es fácil hacerlo. Hay días en que pienso que no ha cambiado nada, y otros en los que no me reconozco. A mamá no me atrevo aún a contarle todas las cosas que pasan por mi cabeza. No me atrevo, por ejemplo, a contarle que me gustaría ser periodista. El otro día, eso sí, le dije que por nada en el mundo querría ser policía, y creo que se alegró. Eso de pensar en el futuro no me gusta nada. ¿Para qué voy a pensar en el futuro si todavía tengo que arreglar el presente?

A Víctor le he hablado de Teisa, claro que sí. Al principio me daba bastante corte, hasta que un día se lo solté de golpe: «¿Sabes, tío?, me parece que estoy saliendo con alguien». Y se le pusieron los ojos redondos como platos. «¿Cómo que te parece que estás saliendo, *pringao?* O sales, o no sales, pero eso de creerlo es de zombis alternativos». Y Víctor tenía razón, así que le confesé que sí, que estoy saliendo con Teisa, aunque no nos podamos ver por culpa de la maldita distancia. Ahora está deseando conocerla. Han hablado por teléfono, porque es un pesado y no tuve más remedio que pasársela un día que ella me llamó por teléfono. Me parece que se han caído bien los dos.

Teisa y yo hablamos casi todos los días por teléfono o por Skype. Ya veremos si al final viene a Madrid a estudiar Medicina, como le gustaría. De momento hemos dicho que nada de hacer planes, que lo que salga saldrá. Casi siempre me cuenta cosas de los chicos, de Javier, de Clara, también de Richi. Según ella, Richi no se ha tomado demasiado mal la ruptura, aunque no sé si creerla. El otro día, riendo, me contó que a lo mejor Clara y Richi terminan juntos. Yo qué sé. Eso el tiempo lo dirá.

También quiero contarte lo del juicio de Rocky Balboa, aunque sé que eso a ti ya no va a afectarte. Al final no le han caído tantos años de cárcel como Héctor pensaba. El tipo tenía buenos abogados, que debieron de costarle una pasta, y además cantó para delatar a sus socios y que le rebajaran la condena. Según Héctor, es posible que en diez años esté en la calle. Pero también dice que cuando salga lo van a estar esperando, así que tendrá que hacerse la cirugía estética, cambiar de identidad y desaparecer de la circulación, por la cuenta que le trae.

Héctor estuvo desaparecido durante el juicio, y cuando terminó vino a vernos y a contarnos cómo había ido todo. Cumplió su palabra y me trajo un móvil nuevo que flipé. Le dije que no hacía falta y él me contestó que era una promesa, y las promesas hay que cumplirlas. Cuando vino a casa, mamá se abrazó a él y estuvo llorando un rato. Yo pensaba que era por los nervios, o por la emoción de saber que todo había acabado. Ahora sé que hay algo más, aunque al principio ella me lo ocultaba. Un día me senté enfrente de mamá y le dije:

—¿Qué pasa, que Héctor y tú estáis juntos?

Yo lo sospechaba, aunque no estaba seguro del todo. Se puso muy nerviosa. Nunca la había visto así, ni siquiera cuando perdía los nervios conmigo. Por eso añadí:

—Sé que habláis todos los días por teléfono. Y sé que habéis quedado para comer la semana que viene.

—¿Escuchas detrás de las puertas o qué? —me dijo muy apurada.

—No hace falta, tengo buen oído.

No era verdad, lo sabía porque había pegado la oreja a la puerta.

—Si quieres que sea sincero contigo —seguí—, tú tienes que serlo también conmigo.

Supongo que no se esperaba que le hablara con tanta claridad. Hasta ahora siempre nos habíamos dicho las cosas a medias, o con muchos rodeos.

En fin, esa es la noticia. Héctor y mamá están saliendo. No sé si me gusta, pero al menos sé que no me disgusta. Lo bueno de la noticia es que lo voy a ver con cierta frecuencia. No quiero tener un padre. Estoy bien así, ¿sabes? Pero si voy a tener uno alguna vez prefiero que sea Héctor. La verdad es que sí, me gustaría tenerlo en casa, aunque se pase el día en la buhardilla haciendo abdominales y utilizando tu bicicleta estática.

Mejor no pensarlo. Eso forma parte del futuro, y el futuro está aún por escribir.

ADVERTENCIA

Algunos nombres de esta historia, tanto de personas como de lugares, han sido cambiados para evitar problemas a los protagonistas.

MAR 2018